書く女

永井愛

而立書房

書く女

■登場人物

樋口夏子……………樋口家の戸主　小説家

半井《なからい》桃水《とうすい》……………小説家　夏子の小説の師

樋口たき……………夏子の母

樋口くに……………夏子の妹

田辺龍子《たつこ》……………「萩の舎《や》」門人　小説家

い夏（伊東夏子）……「萩の舎」門人　夏子の親友

野々宮菊子　…………幸子の学友

半井幸子《こうこ》……………桃水の妹

平田禿木《とくぼく》……………「文學界」同人

馬場孤蝶《こちょう》……………「文學界」同人

川上眉山《びざん》……………小説家

斎藤緑雨《りょくう》……………評論家

プロローグ

横なぐりの雨を避け、傘にすっぽり身を隠した夏子が、坂道を降りて来る。
坂の中ほどで、誰かとぶつかりそうになり、傘を持ち上げ、身をかわす。
目の前をせわしなく行き交う人々。
夏子、しばらく見ているが、やがてまた歩き出す。

1

一八九一年（明治二四年）、四月の午後。半井家の客間。
遠慮がちに入ってきた夏子、近眼の目を細め、室内を見渡すと、隅の方に正座する。
手巾《ハンケチ》を取り出し、額の汗を拭う。ついでに、雨に濡れた着物も拭く。
奥の間から、男たちの談笑する声。やがて、足音。
夏子、三つ指をつき、御殿女中のようにかしこまって待つ。
幸子に連れられ、桃水が現れる。

幸子　夏子さん、兄ですよ。

夏子、いよいよかしこまってひれ伏す。桃水、困惑の視線を幸子に送るが、すぐ穏やかな笑顔を夏子に向け、

桃水　半井桃水です。今日はまた、こんな雨の中をよくおいでくださいましたね。

夏子　これはこれは、お忙しき折、お目もじかないましただけでも申し訳なく存じますのに、もったいないお言葉をちょうだいいたしまして、恐悦至極に存じます。

幸子　夏子さん、お楽になさって。

夏子　ありがとう存じます。さて、このたびは、幸子さまのご学友、野々宮菊子様に、改めてご紹介の労を賜りまして、誠に大それたお願いとは存じながら……

桃水　ああ、小説を書きたいんだそうですね。

夏子　申し訳ございません。（と、また平伏）

桃水　いや、謝らなくても……

奥の間で男たちの笑い声。夏子、さらに身を縮める。

桃水　弟たちです。あ、あなたを笑ったんじゃないですよ。

幸子　この通り、行儀の悪いうちですから、ね、夏子さん、お顔を上げて。

夏子、おずおずと顔を上げる。
おぼろげに焦点を結ぶ桃水の顔。
夏子、弾けたようにまたうつむく。

桃水　率直に申し上げて、小説はおやめになった方がいいなぁ。

幸子　兄さん……

桃水　お見受けしたところ、あまりお強い質《たち》ではおられぬようだ。男の私ですら、小説なぞを書いているると、さもさも道楽者のように世間は言う。ましてやご婦人の身で、この種の非難をこうむるのは、苦しいことでありましょう。ここは他《た》の方面に職業を求められた方が……

夏子　（急に顔を上げ）女に職業はございません！　（また顔を下げ）いえ、幸子様のように高等女学校に通っておられる方には、教職につく道も開かれようとは存じますが、私は小学高等科の第四級を修了したのみでありますゆえ……

幸子　主席で卒業なさったのよ。今は中島歌子先生の主宰する萩の舎で、和歌や王朝文学をお勉強してらっしゃるの。

桃水　萩の舎といえば、門下生には上流のご婦人が多いと聞きますが。

幸子　そうそう、宮家の妃殿下をはじめ、鍋島侯爵夫人、前田侯爵夫人、綾小路子爵ご姉妹……

夏子　私など雑魚《ざこ》の魚《とと》まじりのようなものでして。

幸子　こんなにご謙遜だけれども、夏子さんは、和歌の会では何度も一等賞をおとりになって、もう歌子先生の代稽古までなさっておいでなの。近眼《ちかめ》でいらっしゃるのだって、お母様に隠れて、暗い所でご本を読みふけったからだそうで……

桃水　幸子、お茶を。

夏子　何とぞおかまいなく。
桃水　とにかく、お茶だ。夏子さんは、喉がカラカラになっておられるよ。
幸子　兄さん、私は毎日学校で菊子さんから、夏子さんをよろしくって頼まれているの。本当に、お願いよ。（と、去る）

ますます身を縮める夏子。

桃水　私がどんな小説を書いているか、ご存知ですか？
夏子　それが、まだ……
桃水　私の小説は、坪内逍遙が提唱したような、心理的写実主義でもなければ、二葉亭四迷のような言文一致の新しいものでもない。私は新聞小説を書いているのですよ。
夏子　はい。
桃水　新聞小説とは、新聞の読者を増やさんがための小説です。悪人が悪巧みをしたり、淫らな女が淫らなことをしたりの低俗なものであって、日本の読者は未だにこのようなものを好むのです。ですから私も、心に潔しとして書いたものはない。そして、世の批評家たちからは、大いに軽蔑されているというわけです。
夏子　………
桃水　いや、私にだって理想とする小説はありますが、半井家の長男として、まず親兄弟を養わねばなりません。私はただ、食べるために書くのです。

夏子 私もそのように書きたいのです。私も女ながらに戸主として、母と妹を養わねばなりません。

桃水 え、あなたが戸主だとは？

夏子 一番上の兄は亡くなり、次の兄は家出も同然。その上父まで亡くなって、私は名実ともに、一家の戸主となりました。仕立物や洗濯物では、女の三人所帯でも、とうていやり繰りできません。それに、私は近眼ゆえ、なかなか捗《はか》がゆかなくて……

桃水 わかりました。引き受けましょう。

夏子 どうか、そうおっしゃらず……

桃水 私は引き受けると言ったのですよ。

夏子 ………

桃水 書斎にいらっしゃい。私の本を貸してあげよう。

桃水、廊下に出て、夏子を振り返る。夏子、ついて行く。

2

樋口家の座敷。夜。

たきとくにが針仕事をしている。

たき、疲れた様子で手を休め、ため息をつく。

くに お母様、肩をおもみいたしましょうか？

たき いや、キリのいいとこまでやってしまおう。

くに 後少しの辛抱ですよ。姉さんの小説が売れたら、お母様に針仕事などさせません。

たき、振り返って、襖の向こうの気配を窺う。

たき それにしても、これからはずっとこういうことになるのかい？　夏子が机に向かい出すと、何だかクシャミもしにくいよ。

くに　遠慮なくなさいませ。こらえていては、お身体にさわります。
たき　別に、今したいってわけじゃあないけど……

外で、菊子の声がする。

菊子　ごめんくださいませ。
くに　菊子さんだわ。はぁい、ただ今。（と、玄関の方へ）
たき　（奥の間に向かい）夏子、野々宮さんがお見えだよ。

返事はない。

たき　返事ぐらいしたらどうだい。そんなに根を詰めるとまた肩こりがひどくなるよ。これ、菊子さんだよ、出ておいで。

くにに続いて、菊子が来る。

くに　もうさっそくに書き始めておりますの。
菊子　お話がまとまって、本当にようございました。

くに　菊子さんのお陰ですわ。何とお礼を言ったらいいか。

菊子　何の何の、洋裁のお稽古では、ずいぶんくにちゃんに助けられたんですもの、こんなことでお力になるぐらい。

たき　ただ、私は心配でねぇ。せっかくご紹介いただいたって、夏子に小説が書けるのかどうか。

菊子　大丈夫ですよ。萩の舎で学ぶ方は、文学の基礎がおありです。あの田辺龍子さんが、いいお手本じゃあございませんか。

くに　そうですよ。龍子さんに書けた小説が、姉さんに書けないはずありません。

たき　くに子、すぐそれを持っておいで。

くに　え、龍子さんの小説を？

たき　何だか急に読みたくなった。

くに　でも、あれは、姉さんが片時も離さず机の傍《そば》に……

たき　気がつくものか。抜き取ってきなさい。

くに　はい……

くに、そっと襖を開け、用心深く中へ入る。

その隙間から奥の間を覗くたきと菊子。

たき　まぁ、夏子ったら、襷《たすき》をかけて、鉢巻きをして……

菊子 鉢巻きが耳までずり落ちておりますね。
たき あれじゃあ、耳も聞こえなかろう。

くに、本を持ち、急いで戻る。

たき さあさあ、早くお読み。
くに 『藪《やぶ》の鶯《うぐいす》』という題ですよ。お芝居のように、台詞が書いてありますわ。
たき いいから、早う。
くに (読む) 男「アハ、、、。此《この》ツー、レデースは」
たき ツー、レデース?
菊子 二人のご婦人という意味です。
くに 「此ツー、レデースは。パアトナア計《ばかり》」
たき パアトナア?
菊子 決まったお相手という意味で。
くに 「パアトナア計お好《すき》で僕なんぞとをどつては。夜会に来たやうなお心持が遊ばさぬといふのだから」
たき 夜会の話かい?
菊子 鹿鳴館《ろくめいかん》の新年の夜会から始まります。

たき　まぁ、豪勢な……

くに　すると、女がこう答えます。「うそ。うそ計。そうぢや厶《ござ》り升《ませ》んけれども。あなたとをどると
やたらにお引張回し遊ばすものですから……あの目がまはるやうで厶りますんで。其《その》おことわ
りを申上《もうしあげ》たのですワ」男「まだワルツがきまりませんなら」

菊子　ワルツは三拍子の踊りです。

くに　「ワルツがきまりませんなら願ひませうか」ときれいにかざりたるプログレム……

菊子　目録。

くに　を出して……

たき　もういい。頭がどうにかなりそうだ。やっぱり揉んでもらおうか。

と、横になる。くには、たきの身体を揉み始める。

たき　こんな小説が売れたとはねぇ。

菊子　原稿料は三十三円二十銭だそうですよ。

たき　んまぁ！

菊子　おまけに絹のハンケチまでついたとか。

くに　今に、今に、姉さんだって……（と、力が入る）

たき　痛い痛い……

奥の間から夏子が出て来る。襷に鉢巻きをした姿。
誰も目に入らぬかのように座敷を横切り、台所へ。
くに、台所を覗いてみる。

たき　どんな様子だ？
くに　お水を飲もうとしてはため息、また飲もうとしてはため息でございます。
たき　はて、どうしたことか……（と、続いて覗く）
菊子　小説のことを思い詰めていらっしゃるのでしょう。（と、続く）
たき　それだけであぁなるかね……
くに　え？
たき　半井桃水って方は、いったいどんな人なんだい？
菊子　ですから、東京朝日新聞の小説記者であられまして……
たき　まさか、いい男なんじゃあるまいね。
菊子　それは……
たき　おや、なぜ黙る？　なぜ赤くなる？
くに　お母様……
たき　新聞記者というものは、いいようにお金を使って、派手な遊びをするそうじゃないか。おまけにその方、独りモンだろ？

菊子　それはそうなのでございますが……

ふいに夏子が戻って来る。三人が見守る中、また奥の間に入ろうとするが、

菊子　今晩は！

夏子　菊子さん！（と、駆け寄り）、半井先生が、私を小宮山天香《こみやまてんこう》という方に紹介してくださるんですって！　この方はね、東京朝日新聞のとても偉い方だそうで、この方が「うむ」と一言おっしゃれば、私の小説が朝日新聞に載るんですって！　何としても今晩中に仕上げるわ。ごゆっくりね。ごめん遊ばせ。

と、素早く奥の間へ。

くに　お母様、いよいよですよ！

たき　一本つけるには早いかね？

くに　いいえ、今夜は一本と言わず……（と、立ち上がり台所へ）

たき　いいよ、いいよ、自分でやるよ。（と、続く）

残った菊子、じっと奥の間を見つめる。

3

雨の中を行き交う人々。
禿木と孤蝶が坂道で出会う。
二人、再会を喜び、連れ立って行く。

六月の午後。萩の舎前に、龍子がいる。
反物の包みを抱えた夏子、い夏と萩の舎から出て来る。

い夏　あら、龍子さん、まだお帰りじゃなかったの？
龍子　迎えの車が来ないのよ。
い夏　じゃあ、お先に。
龍子　あ、なっちゃん。
い夏　はい？

龍子　あなたじゃないわ。樋口のなっちゃんに聞いてるの。
い夏　龍子さん、萩の舎には、夏子が二人いるのですよ。（夏子を示し）樋口夏子はひなつ、（自分を示し）伊東夏子はいなつって呼ばなけりゃ、区別がつかないじゃありませんか。
夏子　いいじゃないの、いなっちゃん。
い夏　ひなっちゃんたら。
夏子　いなっちゃんこそ……
龍子　わかったわよ！　ひなっちゃん。
夏子　はい……
龍子　小説を書き始めたそうじゃないの。
い夏　あら、誰からそんなことを？
龍子　この萩の舎で隠し事をしようったって無理よ。先生まで見つかったそうで、よかったわね。
夏子　まだ迷いながらでございますのよ。坂道をなかなか上がれない車のように、一言書いては、滑り落ちてゆくようで。
龍子　またご謙遜が始まった。龍子に書けるなら、私にも書けるって思ったくせに。
夏子　そんなことないわよねぇ、いなっちゃん？　私、とても駄目だと言ったでしょう？
い夏　言った言った。
夏子　それで、改めて感じ入りましたの。龍子さんは、まぁ何て凄い。まるで現代の清少納言のような方だって。

龍子　へえ、じゃ、あなたは紫式部？

い夏　龍子さん、いじめないで。

夏子　あの、私、失礼しますわ。歌子先生から仕立物を頼まれましたので。（そそくさと去る）

い夏　ひなっちゃん、家《うち》に寄ってくんじゃなかったの！

龍子　あなたもお気の毒ね。大の仲良しが、ああも忙しくなったんじゃ。

い夏　龍子さん……ひなっちゃんに書けると思う？

龍子　まぁ書いてみるがいいさ。

い夏　いろんな女が、龍子さんに続けとばかりに小説を書き出したけど、みんな教育のある方ばかりでしょう。ひなっちゃんは、漢字もろくろく書けないんですもの。

龍子　和歌は達者に書いてるじゃないの。

い夏　和歌とは字の数が違いますわ。ひなっちゃん、辞書ばかり引いているそうよ。

龍子　やっぱりそうか。（と、豪快に笑う）

い夏　それにね、先生が半井桃水じゃ……

龍子　ろくな指導はしないだろうねぇ……

い夏　龍子さんが、坪内逍遙先生のお引き立てにあずかったのとは大違いよねぇ……

龍子　おっといけない。女学雑誌の締め切りがあるんだ。

と、急ぎ去る。い夏、見送って、十字を切る。

4

桃水の隠れ家。夜。
文机には書きかけの原稿、硯《すずり》や書物が乱雑に置いてある。
入ってきた桃水、廊下に向かって、

桃水　さぁ、遠慮なく。

夏子、恥じらいつつ、好奇心に胸を高鳴らせて入る。

桃水　ここは僕の隠れ家です。こういう稼業をしていると、隠れなければならないことがありまして。
夏子　（頷いて）………
桃水　これはまた、ひどく雨に濡れましたね。

と、手拭いで夏子の着物を拭いてやる。
夏子、ひときわ身を固くする。

桃水 不思議だなぁ。あなたの来る日はいつも雨だ。

二人、小窓に目を向ける。雨がいっそう激しい。

桃水 まず今日は、小説の話の前に申し上げたいことがありまして。

と、改まったように座る。夏子も、やや離れて座る。

桃水 大したことではないのですが、私はまだ老い果てた男ではない。あなたは、妙齢の娘さんだ。交際の具合が甚だよろしくないのです。そこで一法を案じました。これより私は、あなたを気の置けない男友達と見なします。あなたはこれまた、私を気の置けない女友達とみなしてください。

夏子 はぁ……

桃水 ね、そうすれば、お互い同性の友達同士となるわけですから、隔てなく語り合うことができましょう。

夏子　はい……

桃水　だから、ほら、もっとこっちへ。

夏子　（ほんの少しだけ近づく）………

桃水　もっともっと。私は女友達ですよ。

夏子　（思い切って近づく）………

桃水　それでよし。私は半井桃子さん、あなたは樋口夏之助君というわけだ。

夏子、吹き出す。桃水も笑う。

桃水　打ち解けて、何でも相談してください。心の限り、お力になりますよ。

夏子　何てもったいない……（と、涙ぐむ）

桃水　いや、私にも貧乏時代がありましてね。我が家は代々、対馬藩の御殿医をつとめておりましたが、対馬藩が朝鮮との外交を任されていたため、父は釜山《プサン》で医者をしていたのです。しかし、明治維新になってから藩の財政は窮乏し、まだ子供の私も給仕のように働かされた。逃げ出すように日本に帰ったのは、やっと十五のときですよ。

夏子　まぁ、そんなご苦労が……

桃水　働きながら東京の学校を出ましたが、仕事がなかなか定まらず、また釜山に戻ることになったんです。そこで運よく、朝日の通信員に採用されて、せっせと記事を書き送りました。七年後にようやく帰国。こうして、小説記者となったわけです。

夏子 長い道のりでしたのねぇ。

桃水 辛抱は報われることもあるのです。あなたも心を強くお持ちなさい。

夏子 はい。

桃水 それで、あなたの仕上げた小説ですが……

と、文机の方へ。夏子の原稿を手にとる。

桃水 驚きました。よくもこのように優雅な文章を……

夏子 それほどでもありませんわ。

桃水 いやいや、まるで源氏物語です。

夏子 そんな、とんでもない……

桃水 あのう、褒めているんじゃないんですよ。これではとても新聞小説になりません。

夏子 ……

桃水 前にも申し上げたでしょう。新聞小説は俗っぽくなければなりません。この文体では、読者がついてきてくれません。それに、女の言葉がよくないね。ここだけ妙に写実主義です。あなたは自分が女だからと、油断したのではないですか？

夏子 そうでしょうか？

桃水　一度三崎座に行って、女優をご覧になるといい。女が女を演じると、あのように荒っぽくなるのです。まことの女らしさはやはり、歌舞伎の女形から学ばないと。

夏子　あの、書き直します。

桃水　その必要はありません。この小説は、全体に趣向がよろしくない。読む人が、次はどうなる、次はどうなると、明日が待ち遠しくなってこその新聞小説です。このようにだらだらと同じ調子が続くのでは……先にご紹介した小宮山君は、もっと厳しい意見です。この人は新聞小説には向かないと。いや、実はそれ以上のことを……

夏子　身の程知らずでございました。出直して参ります。

と、飛び出して行く。

桃水　これ、夏子さん！（と、追う）

5

夜の道。傘をさし、提灯を持った、たきとくにが来る。

たき　夏子ぉ！
くに　姉さ〜ん！
たき　夏子ぉ！
くに　姉さ〜ん！
たき　ああ、借金は嵩む一方だ。お父様が目をかけてやった連中も、ことごとく我が家を見限って！
くに　お母様、何もここで言わなくても。
たき　暗い夜道が言わせるのさ。
くに　帰りが遅いのは、よい知らせかもしれません。姉さんの小説が、これは凄いということになり、ご褒美のご馳走をいただいているのかも。
たき　でも、これはひどいということになり、慰めのご馳走をいただいているのかもしれないよ。

くに　そうなったら、お母様のせいですよ。

たき　どうしてだい？

くに　お父様が姉さんに学問をさせようとなさったのに、お母様が反対したんじゃありませんか。女は裁縫さえできればいいって。

たき　裁縫だけじゃ駄目だよ。ご飯もちゃんと作れなくっちゃ。

くに　もうっ、お母様ったら。

たき　夏子ぉ！

くに　姉さ〜ん！

　　と、夜道に消えて行く。夏子が現れる。

夏子　道を変えて、堀端《ほりばた》を帰る。柳が風になびいているのは、このように世の風に従えということなのか。でも、松は風を響かせてますますしっかり立っている。そのどちらでもない私。いっそ水面《みなも》に身を投げようかと思ったけれど……

たきの声　夏子ぉ！

くにの声　姉さ〜ん！

夏子　ああ、お母様においしい物を食べさせたい。くに子に新しい着物を着せてやりたい……

たきの声　夏子ぉ！

くにの声　姉さ〜ん！

夏子　どうやって生きていけばいいのだろう。私はいったい、どうやって……

夏子、道にうずくまる。たきとくにが現れる。

くに　姉さん、小説は？

たき　駄目だったのかい？

夏子　（立ち上がり）書きます。書くのみです！

夏子、先に立って歩き出す。くに、たき、夏子を追う。

6

八月の夕暮れ。学校帰りの幸子と菊子が来る。

幸子 そうなのよ。あれから夏子さんは、パッタリお見えにならなくなって。兄も厳しく言い過ぎたかと、心配なようですわ。

菊子 いいえ、ご指導は厳しいほうがようございます。

幸子 菊子さんから伝えてくださいな。兄が毎日お待ちしていると。

菊子 そんなに待ってらっしゃるの？

幸子 先生として、生徒を心配するのは当然でしょう。

菊子 そりゃあ、先生としてでしょうけれど……

幸子 兄も悩み事が多いのよ。民子さんのこともあるし……

菊子 全くあれは！

幸子 私が悪かったのかもしれない。いくら学校のお友達だからって、下宿させたのが間違いでしたわ。

菊子 いえ、民子さんが不潔なんです。

幸子 兄ったら、私にも退学しろと言うのよ。そして、早くお嫁に行けって。私まで間違いをするとでも思ってるんだわ。

菊子 まぁ、とんだとばっちりね。

幸子 でも、どのみち私はお嫁に行くしかないのよ。菊子さんのように先生になるわけじゃなし、夏子さんのように小説を書くわけじゃなし……

菊子 そんな、ご卒業はなさいませよ。

幸子 ねぇ、夏子さんにいらっしゃいって伝えてよ。兄も少しは気が晴れるかもしれないし。

菊子 ええ、それはもちろん、そうしますけど……

二人、去る。

手拭で汗を拭き拭き、夏子が現れる。片手には芋の包み。

夏子 半井先生、私は今日も上野の図書館に行きました。毎日、いろんな本を読んで、小説の勉強をしています。図書館に女の人が一人も来ていないのは不思議。だから私、ジロジロ見られて、汗びっしょりです。でも、夏の夕暮れは気持ちいい。不忍池《しのばずのいけ》には蓮の花が咲き乱れ、ひぐらしの鳴き声、寛永寺の鐘の音《ね》……あら、真っ白に薬を塗った子がいるわ。汗疹《あせも》でもできたのかしら。こちらの方は、洗い立ての浴衣を着て、団扇でパタパタ夕涼み。あちらの書生さんたちは、しきりに私を見ているけど、もちろん私は知らん顔です。お土産にお芋を少し買いました。あ
あ、もう家《うち》が見える。

団扇を持ったたきと、お玉を持ったくにが飛び出す。

たき　お勉強、ご苦労さん。行水のお湯は沸いてるよ！
くに　今夜のおかずは、姉さんの好きな煮物よ！
たき　浴衣も洗ってあるからね！
くに　さぁ、早く早く！

と、二人、中へ去る。

夏子　（芋を抱きしめ）私ほど幸せな者があるだろうか……

と、弾んで家の方へ。物陰から菊子が現れる。

夏子　菊子さん！

菊子　半井先生のお宅で、女の赤ちゃんが生まれました。
夏子　え、誰のお子さんです？
菊子　民子さん。
夏子　民子さん？
菊子　私と幸子さんのクラスメートでございます。あすこに下宿しておりまして……
夏子　で、その子の父親は？
菊子　半井先生……
夏子　半井先生！
菊子　の、弟さんだということです。
夏子　(ややホッとして) そう……
菊子　ですが、実は半井先生のお子ではないかとの噂もあり……
夏子　えっ！
菊子　あくまでも噂です。噂です。噂ですから、気になさらずに。

と、去る。立ちつくす、夏子。

7

夜の通りを行き交う人々。雪が降り始める。
酔って、ふらふらと路上に崩れる眉山。
跡をつけてきた緑雨、眉山を揺り起こす。
眉山、緑雨に気づくと、よろめきながら逃げ去る。
緑雨、笑って見送る。

桃水の隠れ家。一八九二年（明治二五年）、二月の昼下がり。いびきをかき、だらしなく寝ている桃水。
玄関から咳払いが聞こえる。桃水、それに応えるかのような高いびき。襖が細目に開き、さらにはつきりとした咳払い。桃水、跳ね起きて襖を開ける。夏子がいる。

桃水　夏子さん、いたんですか。起こしてくだされぱいいのに。
夏子　いえ、そんなこと……
桃水　（寝間着姿を恥じ）あ、これは失礼。（と、脱ぎ捨ててあったどてらを着る）もう一時過ぎじゃないか。さぁ、どうぞどうぞ。

夏子、恐縮しながら中へ。

桃水　（散らかった物を片寄せながら）昨夜は誘われて歌舞伎座に遊び、夜中に帰ってから、また小説を書いたりしたものですから……あなたが来るとは、さては雨だな。（小窓を覗き）何と、雪だ！　さぞ寒かったことでしょう。

と、せわしく台所へ。夏子、脱ぎ捨てられた紋付の羽織をたたもうとする。菊子の姿が浮かぶ。

菊子　歌舞伎の帰りに花街に繰り出して、派手にお遊びなすったんでしょう。半井先生は、この手の遊びで相当な借金がおありだとか。

くにの姿が浮かぶ。

くに　自宅があるのに、隠れ家にいるなんておかしいわ。借金取りに追われてるからじゃないのかしら。

菊子　変な人、紹介しちゃってごめんなさい。

夏子、羽織を落とす。十能《じゅうのう》を持って、桃水が戻る。

桃水　何をしているんです？

夏子　少し、お片づけを……

桃水　いやいや、そのままでけっこう。

と、火鉢にかかった鉄瓶を下し、消し炭で火をおこす。

夏子　お水を汲んでまいりましょうか？

桃水　（鉄瓶の蓋をあけ）いや、ここに昨日の残りがある。まだ火にかけないでおいてください。

と、玄関へ。隣の家に呼びかける。

桃水の声　お隣さん、鍋を貸していただけませんか！

耳をそばだてる夏子。

女の声 あら、お客さんですか。お楽しみですねぇ。

桃水の声 いや、別に楽しみではありませんが……

女の声 嬉しそうなお顔ですよ。この間話していた、あの方でしょう？

桃水の声 ええ、それは、そうなんですが……

声が聞き取りにくくなり、玄関に近づく夏子。
ちょうど桃水が駆け戻る。鍋とお玉を持っている。

桃水 ついでに小豆も借りて来た。お汁粉を作ってあげましょう。

夏子 そんな、手のかかるものを……

桃水 私のは簡単です。小豆はほれ、（と、鍋の中を見せ）二人でほんの二十粒。

夏子 まぁ……

桃水 ここにたっぷりと水を入れて……（と、鉄瓶の水を鍋に入れ）東京の方には珍しいでしょうが、これでおいしい汁粉ができるんですよ。（と、鍋を火にかける）

夏子 先生のお国のお汁粉ですか？

桃水　対馬の汁粉がこれほどケチなものかは知りませんが、（と、笑い）あ、そこの砂糖壺をとってください。

夏子　これですか？

桃水　それそれ。（と、受け取り）あなたはまた、ずいぶん遠くにいらっしゃいますね。さぁ、もっと火の傍《そば》へ。

夏子　（少し近寄り）………

桃水　もっと、もっとだよ、夏之助君。

夏子　（やっと火鉢の傍に寄り）………

桃水　さて、お呼びしたのはほかでもない。このたび、若い方々と雑誌を出そうということになりまして、ぜひあなたも同人に加わってほしいのです。原稿料は入らずとも、まずは一身の名誉となるべき小説をと、腕の限り、力の限りの潔い決意で出す雑誌です。その名も「武蔵野」と決まりまして……

夏子　武蔵野……

桃水　これが広く知られるようになれば、誰を置いても、あなたに原稿料をお支払いしたいが、どうでしょう？

夏子　でも、私のように拙《つたな》い者が……

桃水　尻込みは困りますよ。みんなもう、あなたを頼みにしているんですから。

夏子　先生、今日は新しい小説を持参しました。まだほんの一部ですが、どうぞこれをお読みになって、その上でご判断くださいませ。

と、風呂敷に包んできた原稿を差し出す。

桃水　（受け取って）ほう、『闇桜』という題ですか。

夏子　これが、今の精いっぱいかと存じます。

桃水　読みましょう。あなたもお楽になさってください。

と、読み始める。緊張した面持ちで待つ、夏子。

菊子の姿が浮かぶ。

菊子　民子さんの産んだ子は、半井先生のお子だとの噂です。

桃水　（原稿から目を上げ）どうしました？

夏子　いえ……

桃水　突然ですが、民子さんの産んだ子は、私の弟、浩の子です。若い娘さんをお預かりしておきながら、私の不行届で、誠に面目ないことになりました。こうなった以上、いずれ二人を結婚させねばと、今苦労しているところです。

菊子　でも、やっぱり半井先生のお子だとの噂が……

桃水　しかし、妙な噂が立ちまして……

夏子　妙な噂？

桃水　このところ、あなたがいらっしゃらないので、もしや、その噂を気にされたのではないかと…

…

夏子　私は聞いておりません。

桃水　おかしいな。菊子さんに、よく事情をお伝えくださるように頼んだのですが……

夏子　そう言えば、ちょっとだけ……

桃水　とにかく、私は今日の雪のように、一点の濁りもない身です。母上にも妹さんにも、ご安心くださるようお伝えください。

夏子　はい。

桃水　ああ、これでホッとした。（と、微笑む）

くにの姿が浮かぶ。

くに　あの微笑みが怪しいのです。姉さん、姉さん、気をつけて……

と、やにわに身体を傾けてくる桃水。夏子、思わず身構えるが、桃水は夏子の傍の砂糖壺を取り上げると、鍋に少しずつ砂糖を加える。

夏子　先生、私が……（と、代わろうとする）

桃水　いえ、この加減は人任せにできません。

と、鍋をかき混ぜ、また原稿に目を移すと、凄まじい早さで読み終える。

桃水　なるほど。この先はどうなるのかな？

夏子　お千代は、良之助《りょうのすけ》との仲の良さを友達にからかわれ、恥ずかしさのあまり、病気になってしまうのです。

桃水　ほう、で、良之助の方は？

夏子　お千代を可愛いとは思うのですが、それは妹に対する愛情のようなものでして……

桃水　つまり、お千代の片思いですね？

夏子　はい……

桃水　で？

夏子　お千代の病はますます重くなり……

桃水　熱にうなされて叫ぶのでしょう？　「良之助さん！」と。

夏子　はぁ……

桃水　そして、お千代は死んでしまう。

夏子　その方がいいでしょうか？
桃水　死んだ方がいいですね。
夏子　では、そのように。
桃水　よろしい。これを「武蔵野」にお出しなさい。
夏子　本当によいのですか？
桃水　片思いは、なかなか艶っぽくていい。またこの、世間の心ない噂に二人が引き裂かれるところが涙を誘います。よく勉強なさった。見事な成果です。
夏子　そんなお褒めにあずかれるとは……
桃水　よし、お汁粉を食べよう！

と、不揃いの椀を二つ出し、鍋の汁粉をよそう。

桃水　（椀に箸をつけて差し出し）さぁ、どうぞ。
夏子　先生のお箸は？
桃水　一つしかないんだ。あなたがどうぞ。
夏子　でも、それでは……
桃水　熱い熱い……（と、早く受け取るように促す）
夏子　あ、すみません……（と、ありがたく受け取る）

桃水、椀からじかに汁粉を飲む。

夏子 いただきます。（と、一口食べ）まぁ、おいしゅうございます。

桃水 透き通ったお汁粉もオツなものでしょう。

夏子 本当に、夢のようにおいしい……

二人、しみじみと汁粉をすする。

桃水 そうだ、あなたの号は何とします？

夏子 はい？

桃水 小説を発表する際の名前ですよ。本名のままというわけにもいかないでしょう。

夏子 ああ、いくつか考えまして……

桃水 どんなのです？

夏子 まだ、ちょっと……（と、恥じらう）

桃水 言ってごらん。

夏子 ……春日野しか子。

桃水 ……

夏子　浅香のぬま子。
桃水　………
夏子　樋口一葉。
桃水　それになさい！　樋口一葉……綺麗な名前だ。

二人、しみじみと汁粉をすする。

夏子　幸子さんは、お元気でらっしゃいまして？
桃水　ああ、久留米からよくたよりが来ます。まずまず夫婦仲もいいようで……
夏子　それはようございました。
桃水　民子さんのことがあったから、私も肩の荷が下りました。女の幸せは、何と言っても結婚にあるのであって……あ、失礼。
夏子　いえ……

二人、しみじみと汁粉をすする。

夏子　あのう、先生は……
桃水　え？

夏子　あの、ご結婚は？
桃水　私の妻は亡くなりました。釜山で同じ対馬藩士の娘と所帯を持ったんですが、一年ばかりするうちに、妻は肺結核となり……
夏子　まぁ……
桃水　死んでゆく妻の枕元で誓ったんです。一生涯、お前のほかに妻は持たぬと。
夏子　奥様は、お幸せだったことでしょう……
桃水　どうですか……

二人、しみじみと汁粉をすする。

桃水　朝鮮人の友達が、一緒に泣いてくれました。今も手紙のやりとりがある。彼らは家族のようなものです。
夏子　（頷いて）………
桃水　だから、だから、私は昨今の日本の風潮が許せんのです。政府は、隙あらば朝鮮を支配下におこうと露骨な干渉を加えている。もしも、この勢いのまま朝鮮を植民地にするようなことになったなら、私は釜山の人たちに顔向けができません。ともに泣いてくれた友はどうなる？　私に朝鮮語を教えてくれた、あの飴売りの少年は……
夏子　………

桃水　どうも、よけいなことを申しました。
夏子　先生は、お優しい。私の周りに、そんなことを言う人はいません。みんな日本が強くなることは、いいことだと思ってますわ。
桃水　僕だって褒められたものじゃない。ここで言ってるだけですから。

二人、しみじみと汁粉をすする。
柱時計が四時を打つ。

夏子　まぁ、そろそろお暇《いとま》しなくては。
桃水　まだいいでしょう。まだ四時だ。
夏子　でも、母が心配しますので。（と、帰り支度を始める）
桃水　雪が降りに降っている。今日は泊まっておいきなさい。
夏子　泊まる、ここに？
桃水　お家には、電報を打てばいい。
夏子　（激しく首を振り）そんなことはできません。
桃水　私は弟子の家に行きます。あなた一人で泊まるんですから、何のことがありましょう。
夏子　（首を振り続け）駄目、それ、駄目、それ……
桃水　では、もうしばらくいてください。あなたと話すと、日頃のつらさも忘れてしまう。

夏子　どうぞ、どうぞお引き留めくださいますな。
桃水　あと三十分、あと、二十分、あと十五分でもいいですから……
夏子　ごめん遊ばせ！（と、玄関から飛び出す）
桃水　（追い）車を呼びます！　車を呼ぶから、お待ちなさい。

一面の雪景色。夏子が現れる。

夏子　りんりんたる寒さをおかし、白く輝く道を帰る。吹きかかる雪に顔も上げられず、すっぽりかぶった肩掛けから、時々目だけ出すのもおかしい。様々な感情が胸にせまって……ああ、「雪の日」という小説を書いてみようか！

雪の中に立ちつくす、夏子。

8

季節はめぐり……いつの間にか、萩の舎前。
夏子の背後に、い夏が現れる。

い夏 ひなっちゃん、あなたは、世の義理と家の名誉とどちらが大切？
夏子 え……？
い夏 悪い噂が広がっているの。あなたは、半井先生の……（十字を切り）妾だと。
夏子 そんなこと、誰が……
い夏 誰がって、みんながよ。もう、萩の舎中の噂になってる。
夏子 よくもそんな出鱈目を！
い夏 噂の出どこは、半井先生ご自身よ。樋口夏子は自分の妻だと言いふらしてるんですって。
夏子 半井先生が？
い夏 あなた、結婚の約束でもして？

夏子　しないわよ。私は戸主だからお嫁には行けないし、半井先生も戸主だから、婿入りはできないし。
い夏　じゃあ、何で妻だなんて言うの？
夏子　言うはずないわよ。
い夏　言ったのよ、言ったから、伝わるのよ。
夏子　誰が、誰が伝えたのよ。
い夏　わからない。私はただ、ひなっちゃんが悪く言われるのが辛くって……
夏子　私、身を引き裂いてでも、この疑いを晴らしてみせる。ゆく舟の浮《うき》よ成《なり》けり折々はなミもこそたて風もこそ吹け……（と、行こうとする）
龍子　大舟の安くのとけきよ也《なり》ともたつなミ風は心せよ君《ど》……（と、吟じながら現れ）歌子先生なら、きっとこう詠われるでしょうね。
夏子　歌子先生も疑ってらっしゃるの？
龍子　さぁ、自分で確かめたら？
夏子　私、私、潔白ですのに……
龍子　半井桃水はおやめなさい。「武蔵野」、売れてないんでしょ？　何だったら、「都の花」を紹介してあげる。
い夏　「都の花」！　一流の雑誌じゃないの。
夏子　でも、半井先生が、尾崎紅葉を紹介してくださるって……

龍子　尾崎なんて、もうダメダメ！
い夏　それよか「都の花」の方がいいわよ。
龍子　「武蔵野」は廃刊になるだろうしねぇ……
夏子　とにかく、歌子先生とお話しなくては。

と、去る。い夏、龍子も続く。

9

同じ月の朝、桃水の隠れ家。
いびきをかき、だらしなく寝ている桃水。
玄関側から細目に襖が開き、大きな咳払い。
桃水、跳ね起きて襖を開ける。夏子がかしこまっている

桃水　夏子さん！　またださしない姿をお見せしてしまって……（と、寝間着をかき合わせ）さぁ、どうぞ。

と、急ぎ布団を畳む。固い表情で入る夏子。手には数冊の本。

桃水　あなたが来るとは、さてはさては……（と、小窓を覗き）やっぱり雨だ！

夏子　梅雨時ですから……

桃水　これはまた、ひどく濡れましたね。

　　と、手拭いで拭こうとする。夏子、さりげなくそれをかわし、

夏子　このご本、お返しいたします。
桃水　まだいいのに……
夏子　そうせねばならぬ事情ができまして……
桃水　え、どういう……？
夏子　こうしてお訪ねすることが、悪い噂となりました。あの二人には何かやましいことがあると、萩の舎の誰もが信じ込み、弁明すればするほど疑われてしまいます。それで、しばらくはお訪ねしないことにしました。先生をお訪ねする限り、人の口をふさぐことはできないでしょうから。
桃水　そうでしたか……
夏子　苦しい心をお察しください。先生から受けたご恩は、決して忘れはいたしません。
桃水　これは私もうかつでした。噂になるのも無理はない。何事もない我々の方が、おかしいと言えば、おかしいんです。（と、笑う）
夏子　（笑う桃水を睨みつけ）………
桃水　しかし、この噂はどこから出たのか？　あなたが言うわけはなし、私が言うわけはなし……

ん？　やっぱり私が言ったのかな？

桃水　やっぱり？

夏子　菊子さんに、あなたのことを褒めた折、あなたによい婿さんをお世話したいと、よけいなことを言ったのですよ。私が家を出られるなら、ぜひ婿にもらっていただくのだがと、そこまで口を滑らせて。

桃水　まぁ……

夏子　それやこれやをとり集めて、悪い噂が立ったのでしょう。

桃水　でも、菊子さんが、そんな噂を流すなど……

夏子　ないだろうなぁ。ご親切な方だから。

二人、顔を見合わせる。とても近くにいる桃水。
夏子、飛びのいて、

夏子　では、これにて失礼いたします。

桃水　尾崎紅葉はどうします？　ぜひご紹介したいのだが。

夏子　それももう、今となっては……

桃水　小説は、やめてしまうのですか？

夏子　あ、いえ、そこまでは……

桃水　だったら何か、発表の手段を……

夏子　いえ、いえ、ご心配なく……

桃水　せめて、もうしばらくいてください。これが最後なんでしょう？　もう、親しくお目にかかることも、その声をお聞きすることもできなくなってしまうんでしょう？

夏子　どうぞ、どうぞお引き留めくださいますな。

桃水　あと三十分、あと、二十分、あと十五分でもいいですから……

夏子　（首を振り続け）駄目、それ、駄目、それ……

桃水、消えてゆく。

10

いつの間にか、樋口家にいる夏子。傍でくにが針仕事をしている。

くに 姉さん、何を考えているの？
夏子 え、今度の小説のことよ。
くに ああ、題名はもう決まって？
夏子 題はね……『うもれ木』
くに 『うもれ木』って、埋もれてしまった木のこと？
夏子 そう、埋もれて朽ち果てた木のように、いつまでも芽の出ない男の話。薩摩焼の絵付師でね。
くに それ、虎之助兄さん、そのまんまじゃない。
夏子 そのまんまは書かないわよ。
くに それにしても、虎之助兄さんが家を出たりしなかったら、姉さんも好きな人のとこにお嫁に行けたのにねぇ……

夏子　………

くに　でも楽しみ！　今度は「都の花」ですもの。きっときっと、書けますように。

たきが帰って来る。夏子、気づかれぬよう、奥の間へ。

たき　駄目だった。藤村の羊羹《ようかん》なんぞ買って行くんじゃなかったよ。

くに　私の着物を質屋に持って行きましょう。今月ぐらい、何とかなります。

たき　いやいや、年頃の娘の着物を質入れするわけにはいかない。

くに　でも、もう借りるアテがあるわけじゃなし……

たき　全く、どいつもこいつもお父様の恩を忘れて！

くに　いずれ、姉さんの原稿料が入ります。

たき　あれは文章に凝りすぎていないかい？　さっさと書けばいいものを、ぐずらぐずらと直しに直し……

くに　その分、私が働きますから。

たき　それがいっそう悲しいのさ。お前、畳に根が生えちまうよ。

くに　（縫いながら借金先を考えて）安達……借りた。石川……借りた。上野、借りた。岡本、借りた。

たき　（くにと同時に）借りた。次はカの行だね。片山、借りた。木村、

くに　借りた。栗田、

たき　借りた。小林、借りた。

くに　（たきと同時に）借りた。

夏子、たまらず出て来る。

夏子　お母様、私の着物を質入れします！　どうぞもう、お休みなさって。

くに　（厳しく）姉さん、いいから小説を！

たき　サの行だ！　三枝信三郎《さえぐさしんざぶろう》がそろそろ貸してもいい。

くに　お母様、よくぞ見つけ出されました。

たき　どれ、ひとっ走り行ってこよう。金をとるまで帰るものか！（と、去る）

夏子　おいたわしい……

くに　（風呂敷包みを取り出し）三枝はまず貸しません。この隙に質屋に行ってきます。

夏子　それ、くぅちゃんの着物？

くに　姉さん、一行でもいいから、書くのですよ。（と、去る）

夏子　ああ、何としよう！……え〜、男の焼き物は売れない。腕はいいのに、凝り過ぎるからだ。ある日、男はかつての弟分と出会う。汚い金の儲け方をしたと、かねて評判の悪いヤツであったが、話してみると意外に親切で……

桃水の姿が浮かぶ。

桃水 打ち解けて、何でも相談してください。心の限り、お力になりますよ。

夏子 などと言う。うもれ木男の前に明るい未来が広がった。

桃水 きっとあなたは世に出る人だ。私をその礎《いしずえ》としてください。

夏子 などとも言うので、うもれ木男の妹がまた、この男を恋に恋し……

と、幻の桃水を見上げる。

夏子 逢いたい、逢いたい、逢いたい、逢いたい……

桃水 こっそりとおいでなさい。裏口から来ればいい。

夏子 ああ、そうしてしまおうか？　あの人の優しさに嘘があったとは思えない。貧しい友達を助けるために、五十円もした晴れ着を、すぐ脱いで渡してしまったあの人だもの。

桃水 行かないでください。あと三十分、あと、二十分、あと十五分でもいいですから……

夏子、桃水に駆け寄る。桃水も手をのばす。

が、あと一歩というところで夏子は踵を返し、

夏子　いや、この男はやはり裏切り者であったのだ。この男の悪だくみで、うもれ木男は身を滅ぼし、その妹は自殺する。後に残るは砕けた壺と一輪の月ばかり。生きるとは、こんなものだ。

桃水は消え、夏子は冷ややかに笑い出す。

11

笑っていた夏子、ふと真顔になり、机に向かう。筆に墨をつけ、一気に書き出す。

だが、程なく夏子の手は止まる。厳しい顔で書いた部分に目を走らせ、そのすべてを棒線で消す。

また筆に墨をつけ、書き出す。また、手を止め、棒線で消す。また書き出す。

襖が開き、くにが顔を出す。一八九二年（明治二五年）、秋。

くに　姉さん、もう秋よ。

と、羽織を放り入れ、去る。夏子、素早く羽織を着て、また書き、また消す。

襖が開き、菊子が現れる。

菊子　ごめん遊ばせ。
夏子　あら、お久しぶり。

菊子　岩手の高等女学校に教員として赴任することになりました。どうしたわけか、こんな新米が主任として招かれまして……

夏子　まぁ、凄いのねぇ……

菊子　来月、いよいよ出発ですの。

夏子　おめでたいこととは言え、寂しくもなりますわ。

菊子　でも、『うもれ木』が大層な評判でようございました。さすが「都の花」は反響が違いますわねぇ。

夏子　いえ、反省ばかりで……

菊子　私が言うのもナンですけれど、半井先生とお離れになってよろしかったじゃございませんか。あの方ときたら、何と葉茶屋《はぢゃや》を始められたんでございますよ。

夏子　半井先生が？

菊子　もうすっかり、お茶っぱ屋の旦那ですわよ。いらっしゃいませ、いらっしゃいませと、女中ごときにまで頭を下げて。

夏子　じゃ、朝日はお辞めになったの？

菊子　両方やってるんでございます。いらっしゃいませの合間に、ちょこちょこっと奥へ抜けては、小説に筆を走らす慌ただしさ。派手なお遊びの報いでしょうが、お気の毒なことでございます。

夏子　でも、あの方は、人助けにお金を遣《つか》ったりもなさるから……

菊子　それはもうお優しい方だから、生まれたお子さんだって、可愛がって可愛がって……

夏子　そのお子さんのことですけど、本当に半井先生の……

襖が開き、くにが顔を出す。

くに　菊子さん、お茶がはいりましたからどうぞ。姉は締め切りもございますし……

菊子　ああ、では……

と、去る。また一人になる夏子。

夏子　邪念よ、去れ！

と、姿勢を正し、また書き始める。また消す。また書く。

襖が開き、たきが顔を出す。

たき　夏子、もう冬だよ！

と、綿入れを放り入れる。夏子、羽織の上に綿入れを着る。

たき　まったく、紙代と時間ばっかりよけいにかかって、お金の方は入らないねぇ……（と、去る）

夏子、激しく墨をする。

夏子　何度も直してなぜ悪い。私はこの一字、一行に魂をうちこめようとしている。ただ一度で読み捨てられるものなど書くものか。私は千年の後《のち》まで生き続ける魂を書こうというのだ。

と、再び書こうとしたとき、襖が開き、くにとたきが覗く。

一八九三年（明治二六年）、二月の夜。

くに　姉さん……

たき　あの男が来たんだよ。

夏子　あの男……

くに　だから、最近、葉茶屋を開いた……

桃水の声　半井です。今晩は。今晩は。いらっしゃいませんか？

続いて、戸を叩く音。夏子しばらくこらえていたが、

夏子　はい、おります！
くに　言っちゃった……
たき　まだ相談もせぬうちに……

桃水が入って来る。手には二冊の本。

桃水　夜分に申しわけありません。
夏子　お久しゅうございます。

桃水、夏子と向き合って座る。
たきとくに、監視するように座を占める。

たき　今日はまた、何のご用で？
桃水　長らく朝日に連載した小説『胡沙《こさ》吹く風』が、このたび出版されましたので、上下二巻を持参しました。（と、夏子の前に差し出す）
夏子　（一礼して受け取り）まぁ、何て綺麗な本……
桃水　朝鮮の友人が題字を書いてくれまして。
たき　え、朝鮮人が？

桃水 朝鮮を舞台にした小説なんです。私なりに、朝鮮の平和と発展を願って書きました。
夏子 朝鮮も何やら、あちこちで農民が暴動を起こし、大変そうでございますね。
桃水 あれは、日本と清国の侵略から朝鮮を守り、封建的な政治をうち破ろうとする農民の戦いです。東学という宗教の信徒が中心になっておりまして……
たき 今こそ日本が兵を送り、朝鮮の乱を鎮めるべきときです。
桃水 ですが、朝鮮の民の多くは、それを願っておりません。
くに でも、このまま見過ごしていると、清国が朝鮮に出兵してしまうでしょう。
たき ええい、支那人なぞに朝鮮を取られてなるものか！
くに 大丈夫ですよ、お母様。天皇陛下は宮廷のご費用を減らしてでも、軍艦の製造を増やしてくださると、かしこき詔勅《みことのり》を下されたではありませんか。
たき ああ、これに涙しない者があろうか……（と、涙を拭く）
くに これでこそ、貧乏にも耐えられるというものです。（と、涙を拭く）
桃水 しかし、私はこう思います。日本は清国とも、朝鮮ともよき外交によって手を結び、共にアジアの繁栄を目指す友として……
たき ほかにご用事は？
くに 姉も締め切りがございまして。
桃水 これは失礼……（と、立ち上がる）
夏子 いいえ、かまいませんのに……

桃水　『うもれ木』、読みましたよ。その後の『暁月夜《あかつきづくよ》』もよかった。あなたは本当に楽しみな小説家になられました。

桃水、去る。たき、くにも、ついて去る。
夏子、本に頬を寄せ、抱きしめる。

夏子　（ページを繰りながら）元より先生の文章はあらっぽく、美しさや奥深さには欠けている。ただひたすら、展開の面白さに力を注いでいらっしゃる。でも、先生、ここに現れた人物たち、正元《せいげん》の知恵と勇気、香蘭《こうらん》の信念、青揚《せいよう》の苦しみは、少しもそこなわれることなく伝わってきました。たとえこの小説が読み捨てられ、半文の値打ちもないとされても、私はこれを生涯の友としよう。そう思って読むうちに、暁の鐘は鳴り……

暁の鐘が鳴る。

夏子　引きとめんそてならなくにあかつきの別れかなしくものをこそおも出《で》へ……

夏子、開いたページに顔を伏せ、そのまま寝入る。
朝になる。くにが駆け込む。

くに　姉さん、大変、お母様がカンカンよ。

夏子　どうしたの？

くに　例の計画について、少しお話ししたところ……

たき、襖を荒々しく開け、

たき　夏子！　どこぞに引っ越して、荒物屋を始めたいってのは本当かい？

夏子　あ、はい……

たき　痩せても枯れても、私たちは士族ですよ。荒物屋なんぞ、士族の始めることではない！

くに　でもお母様、我が家の貧乏は日ごとに極まり、もうどこからもお金を借りるアテはありません。

たき　（夏子に）お前がサッサと書かないから悪いんだ。せっかくあちこちからお声がかかってきたというのに、ぐずらぐずらと直しに直し、たとえ十年後に名作ができようと、その間《かん》食えなかったら意味もない！

夏子　ですので、そこは荒物屋でしのごうと……

たき　ああ、五年前に死んでいたなら、お父様の生きているうちに死んでいたなら、こんな目を見ることもなかったろうに……（と、泣く）

玄関で禿木の声がする。

禿木 ごめんください！

たき 借金取りなら追い返しな。

くに はい……（と、玄関へ）

たき （まだ泣き）私が前から言うように、お前がよい婿をとり、くに子が嫁に行けばいいものを、どんなに心をつくし、身をつくしたとて、女に何ができようか。ああ、嫌だ嫌だ、死にたい、死にたい、死にたい、死にたい……

くに （戻って）平田って男の人が姉さんに会いたいって。「文學界」って雑誌の者ですって。

夏子 「文學界」なら、もうすぐ私の『雪の日』が載るはずよ。

くに そのことでお話があるみたい。

たき ボツになったんじゃあるまいね。

夏子 とにかく、お通しして。

くに はい……（と、行く）

夏子 お母様、すみませんが、この話は後で……

たき 後も何も、私は許しはしませんよ。

くにに案内され、禿木が入って来る。

一高《いちこう》の制服姿。たき、物珍しそうに見る。

夏子　樋口一葉でございます。

禿木　（会釈して座り）お仕事中に申しわけありません。「文學界」編集部の平田禿木と申します。

くに　どうぞこちらへ。

と、急に作家然とする夏子。たき、それも珍しそうに見る。

禿木　あのう、実は……

たき　あなた、まだ学生さんじゃないんですか？

禿木　え？

夏子　あの、母です……

禿木　ええ、まだ第一高等中学校の二年生ですが、学業より、もはや雑誌の編集に忙しいような有様で、このたび創刊された「文學界」にも関わっているというわけです。

たき　で、ご用件は？

禿木　ああ、お寄せいただいた『雪の日』は、第二号に載せるはずでしたが、今回は原稿が大変多く、第三号に回すことになりましたので、ご了承いただきたいと……

たき　じゃ、原稿料も後回しかい？

くに、たきを連れ去る。夏子、うなだれるが、禿木は微笑み、

禿木 『雪の日』は、美しく、謎めいた小説ですね。何か、特別な思いでもおありですか？

夏子 え？

禿木 雪の日に。

夏子 いえ、特には……

禿木 あれは、雪の日でなくっちゃならないよなぁ。りんりんたる寒さをおかし、家も社会の規範も捨てて、愛する男の元へと走る娘……一つお聞きしたかったのですが、あれは女の回想という、一人語りで書かれている。その女の現在はどうなんでしょう？

夏子 と、おっしゃいますと？

禿木 あまり幸せではないように感じられるのです。最後のほうに、あの雪の日の家出を否定するような言葉が出てくるでしょう。「悔《くい》こそ物の終わりなれ」と。愛する人との生活は、うまくいかなかったのでしょうか？

夏子 さぁ、恋の果てとは、そんなものではないのでしょうか。

禿木 悲しいなぁ。いや、そこがいいのだけれど……

奥で、たきとくにの声がする。

たき　ええい、小憎らしい！　荒物屋なんぞになるものか！
くに　では飢え死にするのですか！
たき　夏子が書けばいいんだよ！

一瞬の沈黙の後、

禿木　ぜひまた何か書いてください。できれば、花の咲く頃までに。
夏子　ええ、書くことができましたら……
禿木　「文學界」は女流文学者を広く紹介していきたいのですが、いい書き手は実に少ない。まるで、雨の夜に星を探すようなものです。我々は、あなたをその雨夜《あまよ》の星と見まして……
夏子　田辺龍子さんがいらっしゃるでしょう。
禿木　彼女はこの頃、翻訳物が多いですね。それに、書き方がだいぶ変わってきたようで……
夏子　ああ、ご結婚なさったから、変わることもあるでしょうね。
たき　（奥で）早くお前も結婚なさい！　いい話があっただろう！
くに　（奥で）嫌です、あんな人となんて！
たき　（奥で）じゃあここでうもれ木になるがいい！

一瞬の間。

禿木　『うもれ木』は、いい作品でした。ところであなたは、幸田露伴がお好きなのではないですか？　『うもれ木』にその影響を感じましたが。

夏子　ああ、露伴こそは、今最もまぶしい人ですわ。西鶴に学んだ古典派とは言っても、尾崎紅葉とはだいぶ違って……

禿木　全く、露伴の文体には、底知れぬ深さがある。幽玄微妙と言いましょうか……

夏子　そうそう！　露伴には、西行、兼好などの歌人に通じる、幽玄微妙があるんです。

禿木　僕も兼好は好きなんですよ。特に『徒然草』は愛読しておりまして……

夏子　もしや、「文學界」の第一号で、兼好について書かれたのはあなたですか？

禿木　え、読んでくださったのですか！

夏子　読みましたとも。胸を刺されるほどに感銘を受けました。

禿木　嬉しいなぁ、あの心がわかっていただけるとは。

夏子　まぁ、評論もなさいますのねぇ。

禿木　とんだ紙面の無駄遣いで……

くに　（奥で）そう、無駄遣いが過ぎるのです！　お母様は、お客にすぐ、鰻《うなぎ》やお寿司をとったりするから……

たき　（奥で）客をもてなすは我が家の流儀だ！

くに　（奥で）あれで借金が増えるのです！　お父様の生きてた頃とは違うのですよ！

一瞬の間。

禿木　失礼ですが、お父様は？
夏子　ええ、もう五年前に……
禿木　僕も早くに父を亡くし、憂き世の涙をくんだ身です。
夏子　まぁ、そうでしたか……
禿木　同じ身の上と聞けば、あなたのご苦労も偲ばれる……
くに　（奥で）安達、借りた。石川、借りた。
たき　（奥で）上野、借りた。岡本、借りた。
くに　（奥で）片山、借りた。木村、借りた……

だんだんと、読経のように聞こえてくる。夏子、立ち上がり、

夏子　でも、苦しみこそが悟りへの道であり、悟れば憂き世も極楽です。もっともっと借りてこそ、いえ、苦しみと戦ってこそ、道は開けるというものでしょう。
禿木　（立ち上がり）同じ悲哀を持つ者として、これからもお訪ねすることをお許しください。

二人、微笑み合って別れる。

12

同年、八月の午後。日傘をさしたい夏、讃美歌を歌いながら来る。追って、龍子。襷がけの前掛け姿。お腹が大きい。

龍子 いなっちゃん！

い夏 あら……

龍子 あんた、まだ話したいことがあったんじゃないの？

い夏 いえ、別に……

龍子 わさわさしちゃってごめんなさいね。主婦っていろいろあるものだから。

い夏 でも、お子さんも順調そうで何よりよ。秋にはもうお母さんなんだわねぇ……

龍子 （腹をさすり）産んだら、書くわ。書かなくっちゃ。

い夏 そんなこと、旦那様がお許しになって？

龍子 三宅雪嶺《せつれい》なんぞという男は、名ばかり高くとも、ただの貧乏学者です。私が稼がないで、どうするの？

い夏　（涙ぐみ）龍子さん、大変過ぎる……

龍子　そんなことは覚悟の上さ。結婚なんて、俊寛が鬼ヶ島に流されたようなもんだから。（と、腹を叩いて豪快に笑う）

い夏　あ、赤ちゃんが……

龍子　それで、ひ夏はどうしたの？　あれの話が出ないとは、怪しいと思ってね。

い夏　ああ、とても忙しそうで……

龍子　あいつときたら、「都の花」を紹介してやったのに、ろくろく礼も言いやしない。「文學界」にだって、私の橋渡しがなかったら……

い夏　龍子さん、ひなっちゃんを責めないで。ひなっちゃんはね、ひなっちゃんは、とうとう……吉原へ……

龍子　身売りしたって！

い夏　いえ、吉原遊郭のすぐ傍の龍泉寺町《りゅうせんじまち》へ引っ越して、荒物屋を開いたのよ。

龍子　ほう、そこまでするとは……

い夏　仕入れにお金がかかるって、私に八円借りにきた。そのときは貸せたんだけど、すぐまたお金を借りにきて、今度は断るしかなかったの。ひなっちゃんたら、うらめしそうな顔をして……

夏子、大きな荷物を背負って現れ、

夏子　あんたは大きな鳥問屋の娘じゃないか！　もっともっと貸してくれたってよさそうなものなのに！（と、消える）

龍子　そんなこと言ったの！

い夏　言わなかったけど、そう思ったに決まってる。でも、いくらおっかさんに頼んでも、これ以上は無理なのよ。女の自由になるお金は、そんなにはないんだよって。

龍子　ああっ！

い夏　え？

龍子　糠味噌《ぬかみそ》かきまぜるの忘れてた！　夏場はすぐ腐るから……

と、急ぎ去る。十字を切って見送る、い夏。

荷を背負った夏子が、汗を拭き拭き歩いて来る。

夏子　文学は食べるためになすべきものではない。思いの走るままに、心の趣くままに書いてこそのものなのだ。それでこのたび、食べる文学の道を捨て、十露盤玉《そろばんだま》の汗を拭き拭き、商いを始めることにした。

い夏　主よ、ひなっちゃんをお守りください。（十字を切って去る）

夏子　しかし、買い出しの荷の重さ、かけ引きの難しさ、客あしらいの気疲れが、これほどのものだとは……とにかくにこえてをミまし空《うつ》せミのよわたる橋や夢のうきはし……行くぜ！

いつしか日は暮れ、賑わう遊郭の灯りが浮かぶ。

13

一八九四年（明治二七年）、春。
文机に向かい、本を読んでいる夏子。

夏子　（ふと顔を上げ）……半井先生、この龍泉寺町で荒物屋を開いてから、はや七ヶ月がたちました。商売は順調、私も仕入れを済ませば、後のことはくに子に任し、こうして本を読んだり、図書館に通ったりもできるようになったんです。でも、私たちのせいか、近所の荒物屋が二軒も潰れてしまい……競争社会とはいえ、お気の毒なことです。

店で子どもたちの声がやかましい。

夏子　ほら、店に子どもたちが押しかけてきました。蝉が一斉に鳴き出したみたいでしょ？　でも、障子を隔てたここは別天地。私はここで、古今東西の書物に親しみ、静かな物思いにふけるのです。

人力車の行き交う音。

夏子 ええ、そりゃ、人力車も通るんですよ。ここは、吉原遊郭へ通う一本道。行きに帰りに、にやけた旦那を乗せた車が……ああ、うるさい！　頭が痛い……。

くにが入って来る。へとへとの様子。

くに 姉さん、店番代わってくれない？

夏子 え、私は仕入れの係でしょ。

くに 私、もう限界！　仕立物の仕事もあるし、ご飯も作んなきゃなんないし……

夏子 はいはい、代わります……（と、行こうとする）

くに （わっと泣き）もう嫌、こんな生活！　一日に百人の客があったって、二厘三厘の僅かな儲けじゃ、暮らしてなんかいけないわ。もう辞めたい、こんな店！

夏子 せっかくここまできたんじゃないの。もう少しはやってみないと……

くに 姉さん、お向かいに荒物屋ができたのよ。今に、この僅かな稼ぎだって……

夏子 何とかなるわ。何とかしなけりゃ……

くに　その何とかがこれなわけ？（懐から手紙を出し）久佐賀《くさか》って男からまた手紙が来た。この人、有名な占い師でしょ？
夏子　（手紙をひったくり）ああ、儲けてるみたいだから、ちょっと借りようとしただけよ。
くに　それだけで、こんなに何度も手紙が来る？　まさか姉さん、この男に……
夏子　汚《けが》らわしい想像は許しません。私はちょっと考えるところがあって……
くに　姉さん、吉原の近くに来て、何かの基準が下がったんじゃないの？　操《みさお》の基準のようなものが……
夏子　妾になんぞなってませんよ！　なったら金が入るでしょう。入らないんだから、なってないわよ！
くに　（疑わしげな目で睨む）………
夏子　あんたこそ、想像の基準が落ちてます。私はね、私は……歌塾を開こうと思って……
くに　歌塾って、萩の舎みたいに？
夏子　あれほどの規模でなくとも……
くに　ああ、龍子さんも歌塾を開いたのよねぇ……
夏子　あの龍子が偉そうに、私だって金さえあれば……
くに　久佐賀はお金を出しそうなの？
夏子　だから今、その運動中なのであって……
くに　久佐賀がお金を出したなら、私は姉さんを疑うわ。姉さんは何より大切なものを売ったと。

（と、店へ去る）

夏子　半井先生、私は塵芥《ちりあくた》にまみれたまま、ここで一生を終えるのでしょうか。それとも、明日《あす》にはこの飢えた身体を野にさらし、野良犬の餌食になるのでしょうか。逢いたい、逢いたい、逢いたい、逢いたい、逢いたい……

たきが帰って来る。

たき　駄目だった。カステーラなんぞ買って行くんじゃなかったよ。

夏子　では、私の着物を質入れして……

たき　お前、考えが甘いようだね。質草にする着物なぞ、もはや一枚も残っていない！　我が家はかつて見ぬほどの大貧乏になっているのだ！

夏子　申しわけございません！

たき　ああ、あのカステーラを食べてしまえばよかったよ！

くに、不機嫌な顔を出して、

くに　「文學界」の平田がきた。も一人誰か連れてきた。

夏子　も一人って？

くに　自分で聞いてよ。お母様は店番を頼みます。
たき　私は借金の係だろう。
くに　私は仕立物があるんです！　ご飯も作んなきゃなんないし。

と、台所へ。禿木と孤蝶が入って来る。

禿木　すいません、突然に……
夏子　いえ、どうぞどうぞ。
禿木　彼は、馬場孤蝶と申します。半年ほど前に「文學界」の同人となりまして。
夏子　ああ、お名前はかねがね……
孤蝶　（恥ずかしそうにうつむき）風船を一つ買いました。（と、紙風船を見せる）
夏子　まぁ、ありがとうございます。
たき　そんな物よか、原稿料を上げてほしいもんだ……（と、店に去る）
禿木　（孤蝶に）気にするな。毎度のことだ。
夏子　（苦笑し）ホホ……
禿木　（孤蝶に）ほら、楽にしろよ。

と、胡座《あぐら》をかく。孤蝶は緊張して正座する。

禿木　馬場はこう見えても、自由民権運動の壮士、馬場辰猪《たつい》の弟なんですよ。
夏子　えっ、あの高名な……
禿木　兄貴は辰と猪を一緒にしたような勇猛果敢な男でしたが、こいつは孤独に舞う蝶々といった具合で……
孤蝶　え、あんなのを……
夏子　蝶々さんだってご活躍ですわ。『酒匂川《さかわがわ》』、読みました。
夏子　韻文ではあるのでしょうが、五七調で歌うべきもののようにも思え、浄瑠璃に似た散文体でもあって、味わい深いものでした。
禿木　（やや、くやしげに）よかったな。
孤蝶　うん……（と、風船をふくらます）
禿木　馬場はあなたにあこがれておりまして……
孤蝶　おい……
禿木　近頃、一葉女史の作品が少ないと、残念がることしきりです。
夏子　もう少し生活が安定したら、もう少し書けるかと……
くに　（顔だけ出し）お母様！　お米が残り少ないのですが、晩ご飯は抜きますか、それとも明日の朝ご飯を抜きますか？
たき　（顔だけ出し）晩ご飯、いや、朝ご飯、いや、晩ご飯、いや……

くに　どっちです！

たき　もうちょっと考えさせて。（と、去る）

くに　早めにお返事願います。（と、去る）

孤蝶、いきなり風船をついて遊ぶ。

禿木　こら、遊ぶな。

孤蝶　これが遊ばずにいられようか。一葉女史がこれほど困窮していらっしゃるとは……

夏子　雑炊にしましょう！　うんと薄目の雑炊にして、今日も明日も食べましょう！

たき・くに　（声のみ）はぁい……

孤蝶　ああ、ああ……（と、さらに風船で遊ぶ）

禿木　やめろ、とりあえずは解決した。

孤蝶　何のこれが解決なものか！　戦争で儲けるヤツがいるってときに……

禿木　まったく、朝鮮の争乱をめぐっては、清国との戦争が避けられそうにないですね。

孤蝶　政党が政府の批判をやめてしまった。もう軍部の思うがままだ。

夏子　朝日の論調も変わりましたわ。去年までは、清国とも朝鮮とも手を結ばねば、西洋に侵略されると言っていたのに。

禿木　「文學界」もつらい立場になりました。もはや愛国心を鼓舞する作品ばかりがもてはやされ、どこもかしこも戦争物だ。

孤蝶　どうして、こう一斉になびいてしまうのだろう。我が国は、秀吉の朝鮮出兵以来、実に三百年もの間、他国を侵略したことはない。それが、こうも簡単に……

禿木　こういうときこそ、一葉女史のような方に、文学のあるべき姿を示してほしいところなんですが……

盛んに人力車の通る音。

孤蝶　何だ何だ、騒々しい！

夏子　旦那衆が吉原にお出ましになる時間です。この間数えたら、十分間に七十五台も通りました。

禿木　これでは集中を欠きますねぇ……

夏子　商売を離れて見れば、ここは興味深い町ですわ。ほら、あそこに筆屋さんがあるでしょう。

禿木　ああ、少年たちがたむろしているようですね。

夏子　あすこに気のいいおばさんがいて、子どもたちのたまり場になっているんです。右にいる身なりのいい子は、高利貸しの一人息子。彼にいちゃもんをつけているのは、横町の鳶職《とびしょく》の倅《せがれ》。その両方のご機嫌をとっているのは、貧しい車引きの長男。

孤蝶　ほう、ちょっとした社会の縮図だ。

夏子　ええ、親の職業が、子どもたちの関係にまで影響する。あ、あっちから来るのは、大音寺《だいおんじ》の和尚の息子です。

禿木　男前じゃないか。

夏子　鳶職の倅は、高利貸しの息子と張り合うために、あの美少年を味方につけようとしているの。

孤蝶　あ、綺麗な女の子が出てきたぞ！

夏子　あれは吉原一の売れっ子花魁《おいらん》の妹です。この辺りでは、玉のような女の子が吉原で全盛になるのを一番の親孝行だと思っているのよ。

禿木　吉原の美少女とお寺の美少年は、思い合ったりしないのかな？

孤蝶　おい、ちょっと見てこようぜ！

と、飛び出す。禿木も続く。

夏子　そうだ、あの美少女と美少年は思いを寄せあっているに違いない。だが、もちろん、その思いは果たせない。美少女はいずれ花魁になる身の上だ。片や美少年は、僧侶として出家する身。二人の間に、どんな交流があり得るか。そして、二人を取りまく少年たちは？……子どもだけで人間を描く。子どもだけで、今の日本の世を描く……

夏子、やにわに大声で、

夏子　樋口家の方、お集まりください！

たき　何だい、大声で。（と、来る）

くに　姉さん、気でも違ったの？（と、来る）

夏子　樋口家の戸主として、我が家の方針を決定いたしました。今日を限りに、荒物屋は廃業といたします。

たき　えっ……

夏子　私の志は、すでに国家の大本《おおもと》にあります。一厘二厘の儲けのために、お向かいと争っているような場合ではない。私はこの身を広々とした天地に解放しようと思います。ささやかながらも、人間の心を持った者が天地の法に従って働くとき、男も女も何の違いがあるでしょうか。

たき　お前、政治家にでもなる気かい？

夏子　小説家になるのです。「人のいのち」となるような、小説を書く人になるのです。

くに　「人のいのち」となるような……？

夏子　とにかく、萩の舎に行ってきます。歌子先生は、この頃お稽古を休みがち。私がその代わりを務めるから、月給をよこせと交渉します。（と、去る）

たき　くに子、お見送りを！

くに　はい！

二人、続いて去る。

14

一八九五年（明治二八年）、五月の午後。
辺りには数件の小さな家。どこからか三味線の音が響いている。い夏がメモを片手に歩いて来る。

い夏（一軒の家に向かい）すいません！　丸山福山町四番地はこちらでしょうか？

男女の下卑た笑い声。い夏、身震いしてその家を離れる。

い夏（別の家に向かい）すいません！　樋口夏子さんのお宅はどちらでしょう。一年ほど前に、この辺りに引っ越していらっしゃった、樋口夏子さんのお宅は……

一軒の家から、いきなり顔を出したのは、夏子。

い夏　ひなっちゃん！

夏子　へへへ……（と、照れたように笑う）

い夏　ここなの、あなたのお家？

夏子　いえ、ここはいわゆる、お酒を飲む店だから……

い夏　あなた、何してるの！

夏子　ちょっと待って……

い夏、十字を切って待つ。夏子が出て来る。

夏子　あんた、来ちゃったのね……

い夏　ひなっちゃん、このあたりの飲み屋さんは、お酒を飲ませるだけじゃないんでしょう？

夏子　ああ、料理も出すわよ。

い夏　でも、それだけでもなくって、あの、女の人をたくさん働かせているんでしょう？

夏子　そうね、お客さんの話し相手に……

い夏　龍子さんは、こう言ったわ。「あれは、女が男に身を売る店さ。吉原の遊女より最低の、売春婦が住んでるんだよ」って……

夏子　まぁ、近いかな……

い夏　そんな店で、何してたのよ！

夏子　働いてるわけじゃないわよ。私はここの女たちの、手紙を書いてやってるの。字が書けない子が多いから。
い夏　手紙？　何の手紙？
夏子　お客さんに出す手紙よ。「しばらくお見えにならないけど、どうしていらっしゃるんでしょうか」とか……
い夏　それ、売春の手助けじゃない！　あなた、そんなことでお金を？
夏子　お金なんてもらってない。田舎のおっかさんに出す手紙だって書くんだもの。何かと相談に乗ってるの。
い夏　あなた、娼婦とそこまで親しく……
夏子　萩の舎のお姫様が上等だって言えるかい。夕暮れの街角で情けを売る女にだって、人間の誠はある。私は夜な夜なこの池を見て思うんだ。池水によな〳〵月も宿りけりかはる枕よなにか罪なる……

夏子の家から、禿木と孤蝶が顔を出す。

禿木　一葉女史、お帰りでしたか！
孤蝶　お邪魔してま〜す！
禿木　そこの可愛いお嬢さんは、

孤蝶　感じからして、いなっちゃん？

夏子　後で紹介しますから！（と、あわてて追いやる）

い夏　誰、今のお上品な方たちは？

夏子　文學界の人たちよ……

い夏　ああいう男が、しょっちゅう出入りしてるわけ？

夏子　まぁ、時々は……

い夏　ひなっちゃん、ここ、吉原より落ちてない？　もっといい所に引っ越して、あなたも歌塾を開きなさいよ。

夏子　私、立派な門構えの家に住んで、上流の方々とつきあいたいとは思わない。世の中の動きも知らず、蝶よ花よと風流を気取って何になるの。そんなのは、萩の舎だけでたくさんよ。

い夏　ひなっちゃん、遠くに行ってしまったのね……

夏子　あ、あなたは別よ。

い夏　これ、おっかさんには内緒のお金。萩の舎のお給料、少ないんでしょ。（と、紙に包んだ金を、夏子の手に握らせる）

夏子　……

い夏　じゃあ、また……（と、行く）

夏子　いなっちゃん、ごめんなさい！

い夏、振り返って微笑み、去る。夏子、しばらく見送る。

禿木と孤蝶が来る。

孤蝶 あれ、いなっちゃんは？

禿木 よせよ、馴れ馴れしく……

夏子 いなっちゃんは、また今度紹介してくださいって。

禿木 本日はね、こちらも紹介する人がいるんですよ。

孤蝶 何と、文壇の売れっ子ですよ。

禿木 尾崎紅葉率いる硯友社《けんゆうしゃ》同人。

孤蝶 泉鏡花と並んで、その名も高き、

禿木 川上眉山《びざん》君！

孤蝶 どうぞ！

颯爽と眉山が登場する。禿木、孤蝶、拍手で迎える。

眉山 あなたのお名前をお聞きしてから、もう何年になるでしょう。こうしてお目にかかれたからには、心を隔てず、あらゆることを語り合えたらと思います。

孤蝶 Hear! Hear!

夏子　願ってもない幸せです。『大さかづき』も『書記官』も目の覚めるような思いで読みました。
孤蝶　Hear! Hear!
眉山　「文學界」は愛読しています。あなたが連載を始めた『たけくらべ』は画期的な作品ですね。なぜ連載を中断されてしまったのですか？
夏子　それは……
禿木　原稿料が安いからなぁ。今現在我々は、君のよく書く博文館の「太陽」や「文芸倶楽部」に、一葉女史を奪われてしまったような状態で……
孤蝶　原稿料じゃ、かないませんよ。博文館は日清戦争の戦記物で大儲けしたんだから。
夏子　必ず戻って書きますわよ。
眉山　ええ、ぜひあれは完成させていただかないと。
禿木　お願いしますよ。俺たちは見たんだもんな、『たけくらべ』に出てくる少年少女を、あの吉原の近くでさ。
孤蝶　ああ、あれはまだ日清開戦の前だった……

たきと菊子、『黄海《こうかい》の大捷《たいしょう》』を歌いながら、高台に現れる。たきは寿司折を持っている。

たき　日清戦争の勝利を祝し、万歳三唱！
菊子　大日本帝国！

二人　万歳！　万歳！　万歳！

沈黙して見つめる夏子たち。
たきと菊子、急に疲れをあらわにしながら下りてきて、

たき　いやはや、見たこともない騒ぎだったよ。
孤蝶　いったい、どちらへお出かけで？
菊子　この人ったら、今日は広島の大本営から天皇陛下がご帰還遊ばした凱旋の日ではないですか！
たき　新橋ステーションへのご到着は二時でした。まぁ、それをお迎えする人の波！
菊子　轟き渡る花火の音。一斉にはためく日の丸。誰も彼もが、天皇陛下を一目拝もうと、あっちに揺れ、こっちに揺れ、
たき　結局何にも見えなかったんだよ。

禿木、孤蝶、笑う。

たき　これ、不謹慎な！
菊子　見えないということが、また言いしれぬ感動を呼ぶのです。
たき　そうさ、日本国民が心を一《いつ》にしたからこそ、見えなかったのであり、

菊子　見えないからこそ、また心が一になる！

たき　それにしても憎っくきはロシア。フランス、ドイツをそそのかし、三国そろって干渉に出るとは！

菊子　日本が清国から奪いとった遼東《りょうとう》半島を返せとは！

たき　それに屈した政府も憎い！

菊子　でも、ここでくじけてはなりません。

たき　そうだね。とにかく朝鮮は清国から守ってやったのだし。

菊子　台湾ぐらいはもらっちゃわないと。

たき　そして、次なる敵はロシアだね？

菊子　もちろんですお母様。ここは軍備の拡張に努め、アジアの平和を守らねば！

孤蝶　あなた、どなた？

菊子　誰だっていいでしょう！

たき　さぁ、菊子さん、中へ中へ。

と、二人、去る。

孤蝶　ああ……！（と、片足跳びを始める）

禿木　遊ぶな！

孤蝶　これが遊ばずにいられるか！　我が唯一の憩いの場、一葉女史のお宅でさえこのようでは……

夏子　ごめんなさいね。母は、清国から賠償金が取れれば、生活がもっと楽になると思ってますのよ。

禿木　言論界の責任もありますよ。戦争が始まるや、新聞雑誌は、こぞって清国、朝鮮への敵愾心《てきがいしん》をあおり立て、あのキリスト者、内村鑑三までが、これは正義のための戦争だと支持したぐらいなんですから。

孤蝶　ああ、我が国言論人の底の浅さよ！　その気骨のなさよ！　信義のなさよ！

禿木　まったく、この戦争熱を批判したのは俺ぐらいのものだからなぁ。

孤蝶　え、お前が何をした？

禿木　「文學界」第二十四号の時評で、戦争物の流行に一矢《いっし》報いてやったじゃないか。「この際戦争文学というものの如き、そもそも愚の至れるものなりとす」と。

孤蝶　ああ、あの匿名記事ね。

禿木　匿名だっても言わないよりマシだ！

夏子　本当に、うとましきは戦争ですね……

孤蝶　ああ、一万三千人もの日本男児を犠牲にして、清国、朝鮮から何を得たというのだ！

夏子　敷嶋《しきしま》のやまとますらをにえ（贄）にしていくらかえたるもろこしの原。

孤蝶　ああ、ああ……（と、また片足跳びを始める）

禿木　遊ぶな！

眉山　ところで、半井桃水は、あなたの小説の師だそうですが……

夏子　ええ……

眉山　彼も朝日に連載の小説を中断しましたね。

禿木　そうそう、『続胡砂吹く風』。

眉山　日清の戦《いくさ》があってなお、アジアの友好関係を描こうとしたらしいが……

孤蝶　無理が多いよ。荒唐無稽なだけで。

眉山　確かにそうだが、この戦争熱の中にあって、中断はこたえたろう。

家からくにが顔を出す。

くに　みなさん、お土産のお寿司はいかが？

禿木　おっ、ありがたい！

孤蝶　食わんぞ、戦の祝いなぞ！

眉山　いや、今後のためにも腹ごしらえを！

禿木　せめて、魚の命は無駄にするな！

禿木、孤蝶、眉山、夏子、連れだって家へ入る。

夜は更け、くっきりと浮かぶ月。

夏子が出て来て、夜空を仰ぐ。
想いの中を行き交う人々。
夏子、桃水の姿を追っている。
くにが出て来る。

くに　姉さん、大丈夫？
夏子　え？
くに　また、頭が痛いんじゃないかと思って。
夏子　大丈夫。今夜は何だか気分がいい。
くに　姉さん、こないだ書いた『ゆく雲』のことだけどね……あれに出てくるお縫《ぬい》って女は、姉さん？
夏子　どうしてよ？
くに　馬場さんがそう聞いたのよ。あれは、姉さんが自分の失恋を書いたんじゃないかって。
夏子　さぁ、どうかしら……
くに　私は違うと思うのよ。だって、お縫は針仕事が上手なんだし。
夏子　お縫っていうぐらいだからね。
くに　まさか私じゃないわよね？
夏子　お縫がくうちゃん？

くに　だって姉さん、あのとき私を観察していたから……
夏子　あのときって？
くに　野尻の理作さんが結婚したときよ。寝返りを打つと、姉さんが見ていた。くうちゃん、眠れないのって聞いたわね。
夏子　お縫が眠れなかったとは書いてないでしょ。
くに　でも、お縫に思わせぶりな態度をとっておきながら、結婚したら忘れてしまう桂次って男は、野尻の理作さんに似ているわ。
夏子　そういう男が多いだけよ。
くに　姉さん、お縫はどうなるのよ？
夏子　どうなるって、あの小説は完結してるし。
くに　最後は恐い言葉で終わったわね。ほころびが切れてはむずかし。
夏子　ああ……
くに　ほころびが切れるって何？　お縫は狂ってしまうわけ？
夏子　いや、そうなったら難しいだろうと言ったままで……
くに　私は切れない。私は心のほころびも縫い合わせてやるんだから。
夏子　くうちゃん、私はね、ほころびを縫い合わせないまま生きていこうと思うの。恋の極意は、厭《いと》う恋にこそあると思うから。
くに　厭う恋？

夏子　厭々《いやいや》する恋のこと。言い換えれば、どれだけ苦しもうとも、決して捨てられない恋のことよ。私は、この苦しみの果てに残るものを見届けたいの。捨てて、捨てて、捨て去った後《のち》になお残るもの。私はそれが見たいんだわ。

孤蝶が家から走って来る。追う禿木。
その後ろから、面白そうに来る眉山。

孤蝶　一葉女史！　どうしてもお聞きしたいことがあります！
禿木　おい、やめろよ。
孤蝶　いや、今宵こそは聞かずにおれん！　一葉女史、『ゆく雲』のお縫とは、あなたご自身ではありませんか？
くに　ほらね。
孤蝶　一葉女史、お答えを！
禿木　聞くだけ無駄だ。お縫が一葉女史であろうとなかろうと、あすこに書かれた恋愛観が女史のものであることに違いはない。
くに　あら、どんな恋愛観？
孤蝶　つまり、男心ほどアテにならぬものはないということです。本文にもあるでしょう。「世にたのまれぬを男心といふ」と。

くに　だって本当にそうですもの。
禿木　おっ、これはご姉妹のお考えであるらしいぞ。
孤蝶　だったら、なおさらほってはおけぬ。一葉女史、男とは皆あのように薄情なものではありません。熱く熱く、いつまでも一人の女を思う男もいるのです。
禿木　（恥ずかしそうに）やめなさいよ……
孤蝶　一度や二度の失恋で、男を見捨ててはなりません。あなたはもうすっかり、すね者になっている。
夏子　まぁ、すね者とは……
孤蝶　あなたは、昨年の『やみ夜』という小説でも、すね者ぶりを発揮している。あのお蘭様の男を恨むこと恨むこと……
禿木　さぁもう、やめたやめた。
孤蝶　こいつは、あのお蘭様こそ、一葉女史に間違いないと言ったんですよ。
禿木　やめろ！
孤蝶　そして、お蘭様が恨みつつ恋慕う波崎とは、いったい誰のことなのかと……
禿木　いや俺は、波崎が代議士であることに注目したんだよ。お蘭は直次郎という貧乏人に、裏切った波崎を暗殺するようそそのかす。ここに、俺は一葉女史の権力批判を見たんだ。
孤蝶　いやいや、権力批判にかこつけて、男への恨みを果たそうとしていると言っただろう。
禿木　そうも読めるが、あれが清国との戦争のさなかに書かれたことを考えると、やはり一種の権力批判さ。あの頃一葉女史は、夜ごと吉原に通う権力者たちの車の音に悩まされてもいた。

孤蝶　またお前は格好つけて！

眉山　しかし結局、暗殺は失敗する。波崎はのうのうと生き残り、滅びるのはお蘭と貧乏人の直次郎だ。僕はここが肝心だと思いますね。男にも政治にも、ついに恨みは果たせなかったというところが。

孤蝶　ああ、だからすね者だと言うんだよ！

家から、酔った菊子が顔を出す。

菊子　孤蝶さぁん！　あんた夏子さんが好きなんでしょう！

たき　(その横に並んで) Hear! Hear! (と、笑う)

菊子　夏子さんと結婚したいと思ってんでしょう！

たき　Hear! Hear!

夏子　ちょっと、あの二人……

くに　へべれけだわ！(と、家の方へ飛んで行く)

酒を酌み交わす、たきと菊子。

赤面している孤蝶。

秃木　まぁ、自ら告白したようなものだ。
孤蝶　いや、俺はただ、お夏さんを…
秃木　お夏さん？　今、一葉女史をお夏さんと言ったか？
孤蝶　いや……（と、逃げる）
秃木　許さん！（と、追う）

家では、くにがたきと菊子を中に呼び戻す。

眉山　『やみ夜』の恐ろしさもいい。『ゆく雲』の苦さもいいが、この二つは同列に論じられない。その間に『大つごもり』があるからです。あなたにとっての本当に大切な作品は、去年の暮れの『大つごもり』から始まりましたね。
夏子　そうでしょうか……
眉山　それ以前の作品には、無駄な装飾が多かった。主人公は、さる高貴なご令嬢であったり、世間の義理やしがらみの中で、悲しい恋が展開したり。だが、『大つごもり』からは、本当の貧乏人がしっかりと登場する。あなたの作品に、世間ではない、社会が入ってきたんです。
夏子　あなたの描く、悲惨な小説の影響ですかしら？
眉山　そうだと嬉しいが、それだけではないでしょう。あなたは身をもって社会の矛盾を体験したはずだ。

夏子 貧乏のお陰ですか……（と、笑う）

眉山 あなたはきっと、もうドストエフスキイを読んでいらっしゃる。

夏子 ええ、『罪と罰』は。

眉山 それやこれやを西鶴的に発展させてくだすったのが嬉しい。これぞ、江戸文学の今日的継承です。

夏子 西鶴はいいですわ。あすこには本当の庶民がいて、本当の庶民の生活があって……

眉山 そうそう、あなたは庶民の生活を描くことに目覚めた。西鶴のよき弟子は、男では露伴、女では一葉ですな。

禿木 （飛び出し）一葉女史に西鶴全集を貸したのは僕ですよ！

夏子 ええ、ありがとう。

孤蝶 （飛び出し）ああ、なのに西鶴は発行禁止となった！　西鶴のどこが公序良俗を乱すと言うのだ！

禿木 西鶴はあの世で喜んでいるだろう。新たな戦争に向かおうとする国から、反逆の文学と認定されたんだ。

家から、たきが顔を出す。

たき　夏子、お米がもうないよ！　お前、こんなに有名になったのに、いつまで貧乏を続けるんだ！
（と、泣く）
くに　（その横から）お母様、もうお酒は……
孤蝶　お母さん、お米がないのは、お夏さんのせいじゃありません！　こんなに米の値段が上がったのは、戦争のせいなんですよ！　国が軍需産業にばかり力を入れるから……
たき　黙れ、非国民め！（と、引っ込む）
孤蝶　今、説明します！（と、家の方へ走る）
禿木　こら、無駄な説教をするな！（と、追う）
眉山　……あ～あ、ひどく現実的な気分になっちまったな。
夏子　すいません……
眉山　いえ、実は僕も借金取りに追われているもんですから。
夏子　え、眉山さんのような方が！
眉山　そう、書店という高利貸しです。書店からの前借りは小説家の命取りになりますよ。どうしたって、作品で返さなくっちゃならないんだ。踏み倒しはききません。
夏子　あなたほどの小説家なら、どれほど暮らしが楽だろうかと、うらやんでおりましたのに……
眉山　僕はこの金縁眼鏡と金の指輪と、絹の着物をあざ笑う。これはお前の牢獄だ。所詮お前はこの牢獄から社会を覗いているに過ぎないんだ。お前はここから抜け出せず、命を絶つしかなくなるだろう。そのときに、やっと自由が訪れる……

夏子　いけません、そんなことを考えては！
眉山　もうきっと、小説家としての僕は終わってる。後々の人は言うだろう。川上眉山？　誰、その人？　いや、名前が出ることすらないか……
夏子　今、文壇の注目を集めているあなたが、名を残さぬはずありません。後々の世まで、あなたは読み継がれていくでしょう。
眉山　くやしいけれど、それはあなただ。
夏子　私なぞまだ……
眉山　ああ、ここで終われば、あなたも忘れられるに違いない。これから何を書くかです。『たけくらべ』を完成なさい。ここにはあなたの命をつなぐ何かがある。
夏子　でも、まだ『たけくらべ』には戻れませんのよ。文芸倶楽部にちょっと長いのを書かねばならなくて……
眉山　何を書くつもりです？
夏子　考え出すと、すぐ頭が痛くなる。この界隈の三味線の音がせかすように響いてきて、客引きの女の声がいつも耳から離れなくて……
眉山　じゃあ、いっそ、それを書いたら？
夏子　だって、このあたりの女の話は……
眉山　公序良俗を乱しますか？
夏子　娼婦が主役の小説なぞ、果たして私に書けるのか。『たけくらべ』にだって、私は遊女そのものを登場させてはおりませんのに……

眉山　娼婦であっても、それはあなただ。所詮、小説家は自分のことしか書けません。あなたがどんな宇宙を抱えているかだけが重要なのであって……

夏子　私の宇宙……

眉山　萩の舎のお姫様から娼婦までがお友達。あなたは、その間を詩人の魂で渡り歩いた。自信を持って、あなた自身をお書きなさい。本当の自分を書いたなら、あなたは日本の文学に消えない光を残すでしょう。

禿木が家から駆けて来る。追って、孤蝶。

禿木　一葉女史、馬場があなたに、すみれの花を贈ったというのは本当ですか？

夏子　ええ、確か花見のお土産だとかで……

禿木　では、馬場が、あなたの下駄を借りたのも本当ですか？

夏子　ああ、雨が降ったので……

孤蝶　駒下駄じゃ帰れんだろう。

禿木　つまり、つまり、単独行動をとっているということですね。僕に何の知らせもなく。

孤蝶　いいじゃないか。もうすぐ俺はいなくなってしまうんだから。

眉山　いなくなる？

孤蝶　この秋に、彦根の中学に行くことになって。
禿木　大したもんだよ。今度は公立学校の先生だ。
眉山　ほう、それはおめでとう。
禿木　あ〜っ！

と、叫びながら高台に駆け上る。

眉山　平田君も胸の乱かな？
孤蝶　数学が苦手で、とうとう一高を中退したからなぁ。
夏子　でも、東京師範で巻き直しをなさるんだから……
孤蝶　だからって、帝大への夢が絶たれたのは大きいですよ。
眉山　どれ、お守りでもしてくるか。（と、高台の方へ）
夏子　さぁ、あなたも行ってあげて。
孤蝶　お夏さん、盆暮れには必ず戻ります。手紙もきっと毎日書きます。僕は『ゆく雲』の桂次のように、あなたを忘れたりはしませんよ。
夏子　はいはい。
孤蝶　これ、少ししおれてしまったけれど……（と、懐から一輪の花を差し出す）
夏子　まぁ、桜草……（と、受け取る）

孤蝶　お夏さん、僕は、僕は……
夏子　……？
孤蝶　あ〜っ！

と、高台へ駆け上がる。高台では、禿木と眉山が話している。
三人を見つめる夏子。くにが家から来る。

くに　姉さん、ずいぶんモテていたんじゃないの？
夏子　まったく、誰を恋人に選んだらいいのやら。
くに　まぁ、一つ譲ってよ。
夏子　どれにする？
くに　そうだわねぇ……

と、二人、高台を見る。高台の三人は笑い声をあげたところ。

夏子　ああ、何だか楽しいわ。
くに　私も楽しい。お米もないのに、いいのかしら。
夏子　楽しみましょう。いずれは過ぎ去ってしまう時間だもの。この今の楽しさを思い出に残しましよう。

高台の男たち、何やら相談がまとまったようで、

禿木 決めました！　今夜は僕は帰らない！
孤蝶 僕も、絶対帰りません！
眉山 僕まで帰らないんですよ！
三人 さあ、どうする、どうする！

笑う夏子とくに。家からは、菊子とたきが顔を出す。

菊子 それじゃあ、私も帰りません！
たき 私だって帰るものか！
くに だったら、私も帰らない！
夏子 私も、私も帰らない！
たき よぉし、帰らない者、カム・イン！

男たち、歓声をあげて家へと走る。

夏子とくにも手をつないで追う。

15

六月。葉茶屋「松濤軒《しょうとうけん》」の倉庫。午後。
茶箱の上に原稿用紙を広げ、書いている桃水。「松濤軒」と染めた前掛けをしている。桃水、いきなり原稿用紙を引き裂き、茶箱の上に顔を伏せる。
店から、赤ん坊を抱いた幸子が来る。

幸子 兄さん、お得意様がお見えですよ！

桃水 小僧に相手をさせておけ。

幸子 小僧任せにできない方です。大の大のお得意様！

店の方からきたのは夏子。

桃水 夏子さん……！

夏子　（万感の思いで頭を下げ）……
幸子　さぁ、どうぞこちらへ。
桃水　ここは倉庫のようなもので、ちょっとむさくるしいのですが。
夏子　（中へ入り）いきなり申しわけありません。先生のお好きな蒸し菓子をいただいたので、どうしてもお持ちしたくなってしまって。（と、差し出す）
桃水　（受け取り）これはありがとう。
幸子　いつもお噂をしておりますのよ。私ももう、こちらに戻ってまいりましたから。
夏子　ご主人様のこと、お悔やみ申し上げます。新聞でご訃報に接し、心を痛めておりました。
幸子　ひどいでしょ。子どもが生まれたとたんに亡くなってしまうなんて。
夏子　この世は何とむごいものかと、ただ涙があふれまして……
幸子　さぁさ、ソノちゃんをだっこしてくださいな。

夏子、赤ん坊を抱く。

夏子　まぁ、重い。命の重さですわねぇ……
幸子　まだ十ヶ月ですのにね。
夏子　ソノちゃん、ソノちゃん、女の子に生まれたのね。
幸子　どんな運命をたどるのやら……

と、赤ん坊の頬をつつく。泣き出すソノ。

幸子　あらら、はいはい、向こうでネンネしましょう。

と、赤ん坊を抱え、去る。

夏子　(原稿用紙に気づき) 先生、ここで書いてらっしゃるんですか。

桃水　ああ、朝日の次のをね……(と、さりげなく隠す)

夏子　じゃ、『続胡砂吹く風』を?

桃水　いや、あれはあすこで中断です。朝鮮小説はしばらく書かないつもりでして……

夏子　(ただ頷いて)……

桃水　そうだ、私の子どもをお目にかけよう。

夏子　え、やっぱりお子さんが……

桃水　いるんですよ、これまで隠していたのですが……

と、茶箱の蓋を開けようとする。

夏子　そんなところにお子さんが……！

桃水、朝鮮の衣裳で正装した、一尺ほどの人形を取り出し、生きた子のように抱く。

桃水　私の長男、林正元《イムシャゴン》です。さぁ、抱っこしてください。

夏子　（抱き上げ）じゃあ、この子は「胡砂吹く風」の主人公？

桃水　ええ、日本人の父を持ち、朝鮮人の母を持つ。

夏子　イム・シャゴン……

桃水　どうしてもイム・シャゴンを形にしてみたかった。十軒店《じっけんだな》の人形店に三晩も続けて通いつめ、とうとうこの子を買ったんです。衣裳にまた金がかかって……馬鹿げた趣味だとお笑いくださ い。

夏子　いいえ、いいえ、どこが馬鹿なものですか……

夏子、人形に頬を寄せる。見つめる桃水。

幸子が盆を運んで来る。盆には水の入ったコップと薬の袋。

幸子　（廊下から）兄さん、お薬の時間ですよ。

桃水、あわてて人形を茶箱の中にしまう。

夏子　お身体でも悪いのですか？

幸子　時々、頭がひどく痛みまして。

桃水、薬を飲む。

夏子　私もです。肩こりにも悩まされておりますわ。

桃水　書く人間の宿命ですよ。たまには野山に遊びたいが……

幸子　そうなさい。夏子さんとご一緒に。

桃水　それはいいなぁ。どうですか？

夏子　そんなことができたなら……

桃水　遠くが無理なら、寄席はどうです？　あなたは寄席がお好きでしょう？

夏子　ご一緒できたら、楽しいでしょうねぇ……

幸子　両方ともご一緒なさい！　野山で遊んで、寄席で笑って、たんとたんと、お楽しみなさい！

（と、涙を拭く）

桃水　これ、何を泣く？

幸子　お茶をいれますわ。今日はゆっくりなさってね。

と、蒸し菓子を持ち、涙を拭き拭き、去る。

桃水 私はもうあなたの小説の師ではない。でも兄のように、妹のように親しくおつき合いできたなら、どんなに励みとなりましょう。

夏子 兄のように、妹のように……

桃水 無理なお願いかもしれませんが……

夏子 いえ、いえ、そうしましょう！ 誰が何と言おうとも、今度は負けるものですか！

桃水 本当ですか！（と、外を見る）ああ、今日は雨が降ってはいない！

夏子 きっともう、私は雨女じゃなくなるわ！（と、外を見る）

そのとたん、硬直する夏子。

桃水 どうしました？

夏子 あすこで遊ぶ女の子は？

桃水 ああ、民子さんの産んだ子です。引き取って、我が子のように育てています。

夏子 お顔が先生そっくりですわね……

桃水 弟の浩の子ですから、自然私にも似るのでしょう。

夏子　弟の子だから似る。似ているのは弟の子だから……

と、つぶやきながら後退りする。

桃水　あ、雨が降り出した！
夏子　これで失礼いたします。
桃水　そんな、どうして！
夏子　どうぞ、どうぞお引き留めくださいますな。
桃水　兄ですよ！　妹ですよ！
夏子　駄目、それ、やっぱ、駄目……

桃水、消えてゆく。

16

いつの間にか、樋口家にいる夏子。
傍でくにが針仕事をしている。

くに 姉さん、何を考えているの?
夏子 え、今度の小説のことよ。
くに ああ、題名はもう決まって?
夏子 題はね……『にごりえ』
くに 『にごりえ』って、水の濁った川のこと?
夏子 そう、濁った川のような世界に、おぼれて生きる女の話。この界隈の女のように……
くに 姉さん、とうとう娼婦を書くの!
夏子 反対はさせないわ。もう覚悟は決まってる。
くに では、私も覚悟を決めました。

と、針仕事の衣類をしまい、風呂敷包みを持って来る。

夏子　それ、くうちゃんの最後の晴れ着？

くに　時間をかけてお書きなさい。原稿料はアテにしません。（去る）

夏子　ああ、何としよう！……え〜、菊の井という飲み屋で身を売るお力に新しい客がついた。これまでの客とは違う紳士である。紳士である証拠には、この男はお力の文学に、いや、お力の語り口に興味を持ち、足繁くお力の元へと通う。そして、世のすね者となったお力の、心の秘密を解き明かそうとするのだ。お力もこの紳士が気に入って、その貧しい生い立ちを語り出す。話はついに、お力の忘れられぬ男に及び……

桃水が現れる。

桃水　いらっしゃいませ！　毎度ありがとうございます！

夏子　この男は、町内でいくらかは知られた布団屋。だが、今は見るかげもなく落ちぶれて、裏長屋で暮らす身の上……

桃水　逢いたい、逢いたい、逢いたい、逢いたい……

夏子　と、たびたびお力を誘いに来るが、お力の方は逢ってやらない。この男には子どもがいる。その子の父を奪えようか。

と、幻の桃水を見上げる。

桃水　あれは、弟、浩の子です。私の子ではありません。
夏子　どうしてこんな男を思う！　訪れる青年紳士を好きになったらいいのに……
桃水　野山に遊ぼう、寄席に行こう。
夏子　ああ、そうしてしまおうか？　お互いに悟りを開き、兄のように、妹のようになれたなら……
桃水　私もそれを望みます。あふれる思いは闇に葬り、日向で遊ぶ兄と妹になりましょう！

夏子、桃水に駆け寄る。桃水も手をのばす。が、あと一歩というところで夏子は踵を返し、

夏子　いや、お力はそうはしなかった。お力は日向で遊ぶより、闇に生きる方を選んだ。まだ盆提灯《ぼんぢょうちん》の残る頃、運び出される二つの棺《ひつぎ》。お力と男は死んだのだ。納得づくの心中か？　それとも……無理心中か？　恨みの尾を引く人魂《ひとだま》が夜空に舞うのを人は見る。さて、その恨みとは、どこに向かって飛んで行くのか……

桃水は消え、夏子は笑う。

17

低く笑っていた夏子、ふと真顔になり、机に向かう。筆に墨をつけ、一気に書き出す。

そのうち、夏子は夏子でなくなる。あるときはお力、あるときは紳士、あるときは布団屋のようにも見える。

襖が開き、くにが顔を出す。一八九六年（明治二九年）二月。

くに 姉さん、もう冬よ！（と、綿入れを持って来る）

夏子 え、もう……

くに また表札が盗まれちゃった。姉さんの書いた字だからよ。

くに、夏子の肩に綿入れをかけて去る。

夏子、また書き出す。龍子が現れる。

龍子　ひなっちゃん、あんた凄い評判だわね。またよくも書きに書いた。『うつせみ』『にごりえ』『十三夜』『たけくらべ』も完成したし、その後は、『この子』『わかれ道』『裏紫』だっけ？

夏子　ええ……

龍子　これ全部、去年の八月から今年の二月までに発表したものでしょ。六ヶ月で七作も出すなんて、尋常のことじゃないわ。

夏子　ちょっと疲れたかなとは……

龍子　中でも『にごりえ』の評判が高いわね。女流作家で並ぶ者はいないとまで言う人もいるし。

夏子　そんなことはございませんのに……

龍子　一昨年《おととし》の今頃は、あの龍泉寺町で荒物屋をやっていたなんて、まるで嘘みたいでしょ？

夏子　でも、貧乏は変わりませんのよ。原稿料は、とても暮らしに追いつかない。

龍子　そんなこと知ってるわよ！　私だって、書く女なんだから。

夏子　そうでした、ごめんなさい……

龍子　そりゃあ、前のようには書けないけど。だって、子育てがあるし、家事があるし、おまけに歌塾も開いてるし……

夏子　龍子さんは、書く主婦の先駆けよ。あなたはいつも新しい。

龍子　ちょっとごめん、鰹節削ってもいいかしら？

夏子　ああ、どうぞ。

龍子、鰹節を削り始める。

夏子 龍子さん、大変過ぎる……

龍子 （手を止め）あ、歌子先生が気になることを言ってたわ。『にごりえ』についてなんだけどね。

夏子 まぁ、何て？

龍子 場所が汚いって。

夏子 歌子先生らしいわぁ。

龍子 あとね、こうも言ってた。まだまだ紫式部には遠いわねぇって。

夏子 私、紫式部になんてなりたくない。清少納言の方が好きよ。紫式部は良家のお嬢様が、そのまま良家の奥様になったような人だけど、清少納言はしっかりした後見人もなく落ちぶれて、自分の身の振り方を自分で決めていくしかなかったんだもの。

龍子 紫式部にだって、結婚の苦労はあったはずよ。だとしても、清少納言の末路は哀れね。女としては特に哀れ……

夏子 清少納言を女としてあげつらうのは間違ってます。あの人は、とっくに女を捨てていたのであり、男でも女でもない状態になっていたのです。

い夏が現れる。

いい夏　でもね、ひなっちゃん、やっぱり清少納言は紫式部にかなわないわ。清少納言は厳しい生活のせいか情緒不安定。『源氏物語』ほどの名作は残せなかったでしょう。

夏子　いつまでも源氏源氏とありがたがるのはどうかしらね。

いい夏　まぁ、ひなっちゃんはあの名作を否定するの？

龍子　こりゃ大層な思い上がりだ。（と、激しく鰹節を削る）

夏子　紫式部は、あの時代の人として、あの時代を写し伝えることができたから、源氏は名作になったのよ。だから、今の時代を生きる人は、今の時代を写し伝えるべきなのに、そういう志を持った者が少ない。今の心を描くには、源氏じゃとうてい足りんのです。

龍子　それには一部賛成するね。だからこそ、私たち女の小説家には、今の女をよりよい方向に導く義務ってモンがあるんじゃないの？

夏子　導く義務とは？

いい夏　その小説に教訓があるかどうかよ。ひなっちゃんの小説には、残念ながら教訓が……ないんだこれが、どう探しても。

龍子　いい女の子も出てくるけれど、それが必ず馬鹿を見る。そんなんじゃ、真面目にやってちゃ損みたいに思われない？　おっかさんが言ってたわ。ひなっちゃんの小説には、めでたしめでたしが一つもないって。

いい夏　それに、あんた、『裏紫』って小説は凄過ぎない？

龍子　人妻の浮気の話ですものね。

龍子　驚いたわよ。亭主を騙して浮気に出かけ、途中で反省したかと思いきや……

い夏　そうそう、そこで引き返すのかと思ったのよ。

龍子　ところが反省もつかの間、やっぱり浮気して何が悪いと走り出す。

い夏　連載はそこで終わっているけれど、続編では引き返させてね。お願い、お願い、ひなっちゃん！

夏子　私は私の見た世界を書いている。私の答えはそれだけよ。

龍子　だから、その世界の見方が……

夏子　幸い私には夫がいない。夫の考えに影響されることがない。

龍子　それ、私が亭主に影響されてるってこと？

夏子　亭主の前は父親だった。あなたは亭主と父親の間だけを行き来する、籠の中で飛ぶ小鳥。

龍子　くそぉ、覚えてろよ！（と、去る）

い夏　ひなっちゃん、これ以上女の道徳を乱すのはやめて。どうか、どうか、それだけは……（と、十字を切って去る）

夏子、辺りを見回す。

夏子　……夢だ、夢だ、これは夢だ……私は、私は女なのだから、言いたいことを言っちゃ駄目だ。どんな思いがあろうとも、実現できると思っちゃ駄目だ。

襖が開き、くにが来る。

くに　姉さん、もう夏が近いというのに……

と、夏子の綿入れを脱がそうとする。

夏子　夏が近い？　こんなに寒いのに？

くに　寒いって？（と、夏子の額に手を当てる）姉さん、おでこが燃えてるわ！

たき　（奥の間から顔を出し）え、夏子、大丈夫かい？

くに　何だか喉も腫れてるみたい。

たき　無理が出たんだ。さぁさぁお休み。

禿木の声　ごめんください！

たき　ささ、早う隠れて隠れて。

二人、夏子を奥の間に入れ、襖の前に守るように座る。

雑誌を持った禿木が駆け込む。

禿木　一葉女史！　大事件です！

たき　夏子は今、いないんだよ。

くに　急に萩の舎に呼び出されて。

禿木　残念だなぁ！　すぐこれを見せたかったのに。森鷗外が主宰する、この「めさまし草《ぐさ》」って文芸誌で、我が『たけくらべ』が絶賛されているんです！

くに　「めさまし草」……（と、受け取る）

禿木　ここに「三人冗語《さんにんじょうご》」という批評欄があって、森鷗外、幸田露伴、斎藤緑雨がそれぞれ書いてるんですが……

たき　三人とも褒めてるかい？

禿木　ええ。露伴は、遊郭に近い町の、よそとは異なる様がまるで目に見えるようだ。登場人物もまるで目の前にいるかのごとく写し取られていると、長文の大絶賛です。その上、多くの批評家、多くの小説家に、『たけくらべ』の文字を技量上達のために飲ませたいとまで言っている。

くに　ああ、ホントだ、あの露伴が！

禿木　森鷗外も負けちゃいない。この人の筆には、灰を撒いて花を咲かせる力がある……

くに　（読む）この人にまことの詩人という称をおくることを惜しまざるなり。

たき　私は詩人を産んだんだね。

禿木　いまさらながら、あっぱれでした。

くに　でも、斎藤緑雨はふざけてる。たった三行、猫も喜ぶだろうとかなんとか……

禿木　あれはただの皮肉屋でして。

たき　まぁいいさ、猫も喜んでくれたんなら。

禿木　とにかく僕は、嬉しくって嬉しくってならんのです。これでようやく『たけくらべ』も、『にごりえ』と並び、当代の傑作と認められた。

眉山の声　こんにちは！

くに　あの声は……

たき　（くにに）追い返しな。

くに　はい……

そのとたん、入って来る眉山。酔って足がふらついている。

眉山　おめでとう、一葉女史！　これであなたの名は不滅です！

くに　姉はただいま外出中です。

眉山　では、待たせてもらおうか。

禿木　眉山君、酔っているのか？

眉山　一葉女史への祝い酒だよ。斎藤緑雨はどうでもいいが、文壇の神、鷗外、露伴にこうも褒めちぎられるとは、いや、めでたい、めでたい……

たき　（禿木に）これなんですよ、この頃たびたび……

禿木　一緒に帰ろう。一葉女史はお留守なんだ。
眉山　じゃあ、約束のものをちょうだい。
禿木　約束のもの？
眉山　一葉女史の写真だよ。
くに　そんな約束、しておりません。
眉山　いや、した！　したした！　写真をもらうまで帰らんぞ！
禿木　話にならん！　単独行動をとってからに……（と、連れ出そうとする）
眉山　かまうな、自分で探すから！（と、奥の間の方へ）

襖の前に立ちはだかる、たきとくに。

禿木　こら、やめろ！

と、眉山を抑えにかかるが、眉山の勢いは凄まじく、禿木は振り回される。悲鳴をあげて逃げる、たきとくに。

緑雨の声　ごめんください！　斎藤緑雨と申します！
眉山　（動きを止め）斎藤緑雨？

たき　はて、どこかで聞いたような……
禿木　だから、この「めさまし草」にも書いている、
くに　猫よ、猫も喜ぶと書いた人。
緑雨の声　初めまして！　や〜なや〜な評論家です！
眉山　おい、どうしよう？
禿木　君があわてることはない。
眉山　だって、こんな姿を見られたら、どこに何を書かれるか……
くに　お勝手口からお逃げなさい。
眉山　それより、緑雨を追い返して……
たき　斎藤緑雨様、どうぞ！
くに　お母様……
たき　そら、逃げるなら今だ。

眉山、禿木に連れられ、勝手口の方へ逃げる。
入れ違いに入って来る緑雨。

緑雨　よろしいのですか、こんな者を迎え入れて？
たき　それが、よろしくなかったようで……

くに　姉は外出中でございます。
たき　ということで、本日は……

夏子、襖を開け、出て来る。

夏子　樋口一葉でございます。
緑雨　あなたの近作『われから』について、「めさまし草」で論争になりました。ぜひ、作者の見解を伺いたい。
夏子　では、どうぞこちらへ。
たき　いいのかい？
夏子　（頷いて）………
くに　じゃ、私たちはあちらで……

と、たきを促し、奥の間に去る。

緑雨　さっそくですが、伺おう。政治家の妻、お町は、帰りの遅い夫を夜ごと待つうち、下宿する書生と親しくなる。そして、よからぬ噂が立ち、この噂を元に、夫から別居を迫られるようになるわけだが……お町と書生の間には、事実、不義な関係があったのですか？

夏子　お読みいただいた通りですわ。

緑雨　判断がつかぬから伺うのです。露伴は、不義な関係は生じていたに違いないと言う。しかし作者は女性なので、そこをあからさまに書くことは避け、曖昧にぼかしたのだろうと。反対に私は、関係はまだ生じていなかったと思う。あと二ヶ月もすれば、この不義は成立したかもしれないが、そうなる前に、噂が先行してしまったということです。露伴と私と、どちらが正しいのでしょうか？

夏子　どのようにご判断くだすってもかまいません。

緑雨　ほう、つまり、どちらでもいいと？

夏子　まぁ……

緑雨　それはずるい答えですね。事実関係があったかないかは、この場合重要なことと思われるが。

夏子　あってもなくても、世間はあったと言うでしょう。そちらの方が重要です。

緑雨　それは、お町が女だから？

夏子　………

緑雨　お町の夫は浮気している。しかしこれは責められず、政治家としての地位も揺るぎない。ところが妻のお町の方は、噂だけで責められる。あなたはこのことが重要だと思っているのですね？

夏子　さぁ……

緑雨　では次の質問に移ります。夫の誕生日に、自宅で祝いの宴が開かれた。その折、お町は一人、庭に抜け出し、俄《にわか》な不安に襲われる。自分は夫に捨てられるのではないかと。

夏子　ええ……

緑雨　だがこれは、夫の浮気への不安ではない。夫の成長への不安です。夫は限りも知らぬ広き世に立ち、耳も目も肥え、人間としての器量も増した。それに引き換え、自分はただ家の中でぼんやりと過ごすばかり。ついには飽きられてしまうのではないかと。

夏子　ええ、そうお町に言わせました。

緑雨　これは、女の新しい不安ですな。

夏子　新しい不安？

緑雨　これまでの小説には、まだ書かれていなかったもの。貧しい女が身を売ったり、意に添わぬ運命を強いられたりする苦労ではない。裕福な妻が心に抱く闇のようなものです。

夏子　ああ……

緑雨　あなたはこう言いたいのでしょう。裕福になってさえ、女は決して幸せになれぬのだと？

夏子　さぁ……

緑雨　（笑い）噂に違《たが》わぬすね者ですな。

夏子　（笑い）あなたほどではありませんわ。

緑雨　まぁ、いい。『われから』は、あなたにしては、ひどく見劣りのする作品だ。『たけくらべ』に及ばず、『にごりえ』に及ばず、『わかれ道』にも『十三夜』にも及ばない。私は、『わかれ道』あたりから、あなたの作品には乱れが出てきたと指摘していたんだが、それがいよいよはっきりしたのは残念だ。

夏子　へえ……

緑雨　露伴なぞはこう言うんですよ。これまでは女だと思って言い控えていたが、用字用語には今少し気をつけてほしいと。

夏子　ほう……

緑雨　私はあえて反論した。我が一葉は、女とはいえ、身銭を切らずに高慢な言葉を並べる男どもの首を引き抜くぐらいの力がある。女扱いなどせずに、悪い所はどんどん言えと。

夏子　まったく望むところです。私を訪ねる多くの人は、ただ私が女だということを面白がり、珍しがっているだけです。だから、私の作品に傷があっても見えないばかりか、よいところさえ言い表せない。これが批評と言えましょうか？

緑雨　言いましたね。聞きましたよ。（と、立ち上がる）

夏子　もうお帰り？

緑雨　こうなったら、あなたの『通俗書簡文』も読んでしまおう。近頃、博文館から出しましたね。

夏子　あれは、手紙の書き方の実用書で……

緑雨　だとしても、あなたがすね者となった秘密が、ここに隠されているかもしれない。

夏子　すね者に興味がおありなら、ご自分を研究なさいませ。

緑雨　私だって、こう嫌われてまで文学に関わっていたいとは思いません。いずれは吉原の風呂番にでも落ち着きたい。だが、まだ文学において私のやるべき仕事があるのなら、卑怯な逃げ足は見せませんよ。

夏子 肺を病んでいらっしゃるそうね？

緑雨 私の菌はうつりません！

夏子 いえ、どうぞお気をつけて。あなたを千年の馴染みのように感じます。

緑雨、急に下を向き、沈黙。

夏子 あのう、どうなさったの？

緑雨 帰ります。さようなら！（と、去る）

夏子、微笑んで見送るが、緑雨が去ると力が抜けたように座り込み、やがて崩れる。奥の間から、たきとくにが覗く。

たき 夏子！

二人、夏子を抱き起こす。

夏子 春陽堂からお金を借りよう。まとめて三十円借りましょう。もう、それしか生きる道は……

くに　でも、それでは姉さんが……
たき　話は後だ、さぁさぁ奥へ。

二人、夏子を奥の間に連れて行く。

夜が更ける。激しい雨音。
奥の間から、こっそりと起き出して来る、くに。
忍び足で文机に近寄り、屑箱の中から、丸めた原稿用紙を取り出して、丹念にしわをのばす。
奥の間から、たきが現れる。

たき　……何をしてるんだい？
くに　ああ、姉さんの原稿を……
たき　それは、書き損じたものだろう？
くに　でも、姉さんの書いたものは、みんなとっておきたいから。
たき　お前、何か隠してないかい？
くに　え……
たき　病院の先生は、お前に何て言ったんだい？
くに　だから、風邪が長引いていますねと……

たき　本当にそれだけかい？

くに　お母様に何を隠すものですか。

たき　夏子の熱はいつまでも下がらない。喉の腫れもいっこう引かない。何だか泉太郎のときに似ているよ。あれも風邪だと思っていたら、とうとう肺の病で……

くに　姉さんは治ります！　治らないでなるものですか。（と、ムキになって原稿用紙のしわをのばす）

たき　（不安そうに）それにしても、ひどい雨だ……

玄関の戸を叩く音。

桃水の声　今晩は、半井です！　こんな夜更けにすみません！

たき　追い返しな。

くに　はい。

と、行く間もなく、桃水が現れる。

桃水　ぶしつけをお許しください。どうしても夏子さんに伝えたいことがありまして。

たき　ここで私が伺いましょう。

くに　姉は風邪で寝ております。

桃水　では、斎藤緑雨に気をつけろと。彼はたびたびやって来て、夏子さんとの関係を聞き出そうとするのです。何か勘違いしているようで……（急にもどかしくなり、部屋に駆け込む）

たき　ちょっと、あなた！

たきとくに、桃水を追い、襖の前に立ちはだかる。

桃水　（奥の間に向かい）夏子さん！　緑雨をここに来させちゃ駄目だ！　彼は一葉の面の皮をひんむいてやると言っている。あなたについて、万朝報《よろずちょうほう》に書くそうです。あすこには、いいことを書くはずがない！

玄関の方から、緑雨が現れる。

緑雨　ああ、いよいよ書くよ。やっと、一葉の正体がわかった。

たき　お二人ともお帰りください！

くに　姉さんは病気なんです！

夏子、奥の間から現れる。

夏子　面白い。一葉の正体とやらを聞きましょう。
桃水　夏子さん……
夏子　私は斎藤緑雨と話します。
桃水　じゃ、僕は？
緑雨　帰れってことなんじゃないの？
桃水　そんな……（と、物言いたげに夏子を見る）
夏子　（顔を背け）………
緑雨　ね？

桃水、やる方なく去る。

くに　姉さん、いいの？
夏子　二人とも向こうへいって。
たき　だって、お前……
緑雨　そうお時間はとらせませんよ。

たき、くに、囁きあって、奥の間へ去る。

夏子　では、一葉の正体についてお聞かせ願いましょうか。

緑雨　あなたの作品は、熱涙をもって書かれたものだと人は言う。登場人物の境遇に、その運命に、あなたは熱き涙を流しながら書いたと。評論家の田岡嶺雲《たおかれいうん》なぞは、まるであなたが貧民、娼婦の悲惨を訴える代弁者であるかのごとく書いている。これがまず大いに違う。

夏子　で？

緑雨　あなたは、泣くよりも、笑いながら書いているのではありませんか？

夏子　笑いながら？

緑雨　冷めた笑い、冷笑です。あなたの作品には、この冷笑が満ち満ちていると思うがどうでしょう？

夏子　そう言われても……（と、微笑む）

緑雨　ほら、その顔だ。その笑いは、熱い涙を流した後の、冷ややかな笑いでしょう。あなたはもう泣かなくなった。だが、その笑いの奥には、まだ涙がいっぱいだ。

夏子　（冷笑する）………

緑雨　その笑いがあなたの理論だ。あなたは、その理論から物事を観察し、その理論で書いている。

夏子　（冷笑し）だったらどうだと言うんです？

緑雨　（冷笑し）涙以上の冷笑を歓迎しているのですよ。

夏子　（冷笑し）あなたの笑いもなかなかですわよ。

緑雨　（冷笑し）いや、まだあなたには及びません。

二人、しばらく冷笑する。

緑雨　『通俗書簡文』も読みましたよ。あれにも冷笑が満ちている。

夏子　（冷笑し）実用書で冷笑は無理でしょう。

緑雨　（冷笑し）ところが、それをやってのけた。あなたは、世の儀礼をあざ笑っている。あれは本心を出さぬための文例集だ。手紙で上手に嘘をつき、憂き世を渡れと教えている。

夏子　（冷笑し）それはまた深読みを……

緑雨　（冷笑し）その一方で、あなたは女たちに、恐るべきことを囁いた。

夏子　（冷笑し）ほう、どんな？

緑雨　『われから』ですよ。

夏子　『われから』は、見劣りのする作品とのことでしたが？

緑雨　その評価は変わっていません。だが、妙なことに気がついた。お町は書生との噂が元で追い出されることになったはずだが、本当に追い出されたのは、誰なんです？

夏子　誰とは？

緑雨　お町は追い出そうとする夫に言う。「此家《このいえ》を君の物にし給ふお氣か、取りて見給へ、我れをば捨てゝ御覧ぜよ、一念が御座りまする」

夏子　お町はねぇ……

緑雨　これだけだって、大した発言だ。『十三夜』のお関が泣く泣く夫に従っていたことを思えば。
夏子　お関はねぇ……
緑雨　ところが、『われから』のお町は、啖呵を切って夫を睨んだ。すると夫は、お町を突きのけて後も見ず、「町、もう逢はぬぞ」……これは、居直った妻に怖じ気づいた夫が、自ら出ていったようにも読みとれる。
夏子　読みとれる……
緑雨　なぜそこをぼかしたのです？　なぜ、妻が出ていったとも、夫が出ていったとも明らかにしなかったのです？
夏子　そこで枚数切れでして……
緑雨　私は、夫が追い出されたと見た。妻は最後に勝利した。あなたは、それを暗示したかったのではないですか？
夏子　（冷笑する）………
緑雨　『裏紫』は人妻が浮気をしに行く話だった。だが、あなたは続きが書けずに中断した。道徳への反逆は、いや、男への反逆は、あれほどあからさまにやってはまずい。もっと巧妙にやらねばと、あなたは『われから』の最後をあんなふうにぼかしたのでしょう？　それが恐ろしい囁きなのです。
夏子　どんな囁き？
緑雨　あからさまには戦うな。でも、男のやってることはみんなやれ。そう女に囁いている。

夏子　（冷笑し）あなたは何て面白い……
緑雨　しかし、いつまでこの方法で戦えるかな？　その先が知りたいねぇ……
夏子　（冷笑し）……
緑雨　さて、いよいよあなたを悪く書くか。これも私の役目ですから。
夏子　どうぞ、存分にお書きください。
緑雨　私が待ち望むのは、あなたの本当の成功です。それまでは、この私も、涙を飲んで憎まれ口をたたきましょう。（と、去る）

夏子、文机の前に座る。が、ほどなく呼吸が乱れ始め、机の上に顔を伏せる。孤蝶が現れる。

孤蝶　お夏さん……
夏子　お久しぶり！　彦根はいかが？
孤蝶　それが、どうにもやりきれん！　公立の中学には、教育の自由がない。規則規則で縛られて、天皇皇后の写真を拝み、教育勅語を暗唱する。まるで大日本帝国の兵士を育てる工場です。
夏子　もう、そうなっていたのですね……
孤蝶　ちゃんと薬は飲んでますか？　牛乳も飲んでますか？
夏子　ありがとう。あなたのまっすぐな心に、どれだけ暖められたことか。
孤蝶　ああ、ああ……（と、去る）

禿木が現れる。

禿木　一葉女史、悪い報告をしなければなりません。我が「文學界」もとうとう変わってしまいました。僕たちは、封建思想を打ち破り、リベラルな個人主義の花を咲かそうとしていたはずなのに……

夏子　そう、「文學界」も変わりましたか？

禿木　もう、あなたに原稿をお願いできるような雑誌ではない。お力になれず、残念です。

夏子　何をおっしゃる。文学の世界からの最初の訪問者はあなたです。あなたのお陰で、私は素敵な青年紳士と楽しく交際したのではないですか。これ以上のことがありましょうか？

禿木、首を振り振り去る。眉山が現れる。

眉山　いろいろとご迷惑をかけましたね。旅に出て、反省します。

夏子　あなただって恩人です。あなたという小説家がいなかったら、『にごりえ』をあんなふうには書けなかった。

眉山　そうだよ、僕は実に的確な助言をした。これ、ぜひ後々の世に伝えてね。じゃ僕、いって来るから。

夏子　お達者で。自ら命を絶っては駄目よ。

　　眉山、去る。菊子が現れる。

菊子　民子さんの産んだ子は、実は弟、浩の子でした。今頃言うのもナンですけど……

夏子　あなたもずいぶん助けてくれた。最後のお願い、聞いてくれる？

菊子　なんなりと。

夏子　春陽堂から借りたお金で、伊勢崎銘仙《いせさきめいせん》を買ってきて。くに子と私の晴れ着を作るわ。

菊子　最後の晴れ着が、銘仙だとは……（と、去る）

　　い夏が現れる。

い夏　ひなっちゃん、私だって、貧しい人を助けているのよ。教会で知り合った人たちと一緒に、お金や衣類を届けているの。

夏子　あなたはいつも優しかった。私が萩の舎で過ごせたのは、いなっちゃんがいたからだもの。

い夏　これ、萩の舎で集めたお金。（と、渡し）治るのよ、ひなっちゃん、治るのよ……（と、去る）

　　龍子が現れる。またお腹が大きい。

龍子　またできちゃった。忙しいったらありゃしない！
夏子　あら、もう三人目が……
龍子　あんた、まだ逝かないでよ。木村曙《あけぼの》、若松賤子《しずこ》、田澤稲舟《たざわいなふね》……小説を書く女が次々と死ぬ。なぜこうも書く女は死ぬんだろう？
夏子　私が死んだら、悪口を言うつもりでしょう？
龍子　そりゃあ言わせてもらうけど、きっとこうも言うだろうよ。本当に独りの力で書いた女は、樋口一葉だけだったと。
夏子　あなたが小説を書いたから、だから私も書き始めた。あなたは私の生みの親よ。
龍子　やだやだ、あんたまで産んじゃったとは！　ああ、洗濯でもしてこよう。（と、去る）

幸子が現れる。

幸子　また縁談が持ち上りました。今度は後妻の話です。
夏子　え、ソノちゃんは、どうなるの？
幸子　置いていかねばならないかも……
夏子　そんなの、断ってしまったら？
幸子　ねえねえ、いらして。話したいわ。もう兄なんかどうでもいいから、女同士で話しましょう。

（と、去る）

緑雨が現れる。

緑雨　森鷗外に連絡した。いい医者を紹介してもらいます。あなたを必ず助けてみせる。
夏子　おや、すね者らしくもない。
緑雨　あなたをもっと読みたいからだ。この先の、言文一致となる時代をあなたはどう生きるのか？
文体を言文一致に変えたとき、一葉はまだ一葉たり得《う》るか。
夏子　それは、私も知りたいわ……
緑雨　明日、医者を呼びますからね。『裏紫』の続きが読みたい。（と、去る）

奥の間から、たきが出て来る。追って、くに。

たき　ああ、夏子、代わってやりたい！　苦しいだろう、辛いだろう？
夏子　いいえ、少しも……
たき　嘘だ嘘だ、お前をこんな嘘つきにしてしまったのは、きっと私なんだろうねぇ……（と、泣く）
夏子　明日、お医者様が来るわ。森鷗外の紹介よ。日本一の名医ですって。
たき　本当かい！

夏子　本当よ。その方が、何としても助けてみせるって……
たき　ああ、ああ、よかった、よかった……
夏子　だから今夜は書かせてね。私、まだ起きていたいの。
くに　さぁ、お母様、いきましょう。
たき　（笑い）何だか急に眠たくなった。

くに、たきを連れて奥の間の方へ。たきは中へ、くには残る。

くに　姉さん……
夏子　なぁに？
くに　用があったら、いつでも呼んでね。私、姉さんが寝るまで起きている。
夏子　ありがとう、くうちゃん。

くに、精いっぱい微笑んで去る。
夏子、また文机にもたれかかり、苦しげに呼吸する。
桃水が現れる。

桃水　夏子さん、夏子さん……

夏子　え、あなたは？
桃水　私がわからないんですか？
夏子　どこかでお目にかかったような……
桃水　私は半井桃水です。
夏子　ああ、あの小説の師の……
桃水　忘れられるのも無理はない。後々の人は言うでしょう。あの男は、一葉の文学に何ら影響を与えなかったと。
夏子　ええ、残念ながら、影響は……
桃水　結局私は、実らぬ恋のお相手をしただけか。
夏子　実らぬ恋？
桃水　それすら忘れたんですか！　そう言えば、最後にお目にかかったとき、あなたは実にそっけなかった。
夏子　あなたに恋をしたのなら、それはどこに消えたんでしょう？
桃水　こっちが聞きたい。どこに消えた？
夏子　作品の中にだわ！　私はあなたを思う気持ちを小説に書き尽くしてしまったんです。これが厭う恋の果てだったんだ……
桃水　厭う恋の果てだとは？
夏子　苦しみの果てに残るもの。捨てて、捨てて、捨て去った後になお残るもの……

桃水　それがあなたの文学だと？

夏子　あなたはやっぱり小説の師です。もしあなたと出会わなければ、私に恋が書けたでしょうか？恋の愉悦と苦しみ抜きに、一葉文学はあり得ません。私はあなたから、誰よりも大きな影響を……

夏子、呼吸が苦しくなる。

桃水　夏子さん、逝かないでください！　あと三十分、あと二十分、あと十五分でもいいですから……

桃水は消える。

夏子　をしまれて散るみともがな山桜よしやさかりはながゝらずとも……さあ、次は何を書こうか？

夏子、墨をすり始める。

――幕――

※小説の引用部分は発表当時の表記に、一葉の日記から引用した短歌は、日記原文の表記に従った。

参考・引用文献

『樋口一葉全集』第一巻〜第四巻（筑摩書房）
『全集　樋口一葉　一葉伝説』（小学館）
『一葉の憶ひ出』田辺夏子・三宅花圃著（日本図書センター）
『一葉伝　樋口夏子の生涯』澤田章子（新日本出版社）
『完全現代語訳　樋口一葉日記』高橋和彦（アドレエー）
『一葉の四季』森まゆみ著（岩波新書）
『ある明治人の朝鮮観』上垣外憲一著（筑摩書房）
『半井桃水研究　全』塚田満江著（丸ノ内出版）
『澪標の旅人　馬場孤蝶の記録』吉屋行夫著（本の泉社）

■上演記録（初演）　二兎社第三十三回公演

二〇〇六年十月二日（月）〜十五日（日）　世田谷パブリックシアター

■スタッフ

作・演出　永井　愛

美術　大田　創

照明　中川　隆一

音響　市来邦比古

衣裳　竹原　典子

舞台監督　三上　司

演出助手　浅沼　一彦

舞台監督助手　竹内章子　出水広美　浅沼一彦　野口岳大　村田旬作

床山　山田　康夫

制作　弘雅美　安藤ゆか

提携　世田谷パブリックシアター　高萩宏　松井憲太郎　穂坂知恵子　恵志美奈子

文芸助手　早船歌江子

プロンプター　日沖和嘉子

照明操作　吉田裕美　小倉一　早田純子　鈴村浩美

音響操作　鈴木三枝子

衣裳助手　矢作多真美

票券　津田はつ恵　松本恵美子

所作指導　藤間藤三郎

■キャスト

寺島しのぶ（樋口夏子）

筒井　道隆（半井桃水）

八木　昌子（樋口たき）

小山　萌子（樋口くに）

中上　雅巳（平田禿木）

杉山　英之（馬場孤蝶）

石村　実伽（田辺龍子）

粟田　麗（伊東夏子）

江口　敦子（野々宮菊子）

小澤　英恵（半井幸子）

細貝　弘二（川上眉山）

向井　孝成（斎藤緑雨）

■上演記録（再演）　二兎社第四十回公演

二〇一六年一月二十一日(木)～三十一日(日)　世田谷パブリックシアター

■スタッフ

作・演出　永井　愛
作曲・ピアノ演奏　林　正樹
美術　大田　創
照明　中川　隆一
音響　市来邦比古
衣裳　竹原　典子
舞台監督　澁谷　壽久
演出助手　鈴木　修
舞台監督助手　竹内章子　網倉直樹
制作　安藤ゆか　山田茜音
提携　世田谷パブリックシアター　穂坂知恵子　永田景子

プロンプター　池内　風
照明操作　吉田裕美　安田正彦　横田幸子　國吉博文
音響操作　谷井　貞仁
衣裳助手　篠原直美　佐藤いずみ
ヘアメイク　清水　美穂
ヘアメイク助手　唐澤知子　中塚沙樹
票券　金子久美子
制作助手　福本悠美
宇野圭一　加瀬貴広

■キャスト

黒木　華（樋口夏子）
平　岳大（半井桃水）
木野　花（樋口たき）
朝倉　あき（樋口くに）
橋本　淳（平田禿木）
山崎　彬（馬場孤蝶）
長尾　純子（田辺龍子）
清水　葉月（伊東夏子）
森岡　光（野々宮菊子）
早瀬英里奈（半井幸子）
兼崎健太郎（川上眉山）
古河　耕史（斎藤緑雨）

あとがき

初演は二〇〇六年、当時世田谷パブリックシアターのプログラム・ディレクターだった松井憲太郎さんから、「一葉で何かどうです?」と提案されたのがきっかけだった。「一葉はとても」と、尻込みしかけたが、同時に手渡されたコピーのタイトルに目が留まった。

それは、亀井秀雄氏が著書『明治文学史』の中で一葉について述べた一節『「物語を書く女」の物語』で、瞬間、一葉を「書く女」ととらえる視点が広がった。「薄幸の天才」「悲恋の人」でない、きわめて能動的な一葉の姿が見えてくる気がした。

タイトルを『書く女』と決め、一葉の「書く女」としての成長を作品と日記から辿ることにした。小説はすぐには素晴らしくならないが、日記は冒頭からもう素晴らしく、桃水との出会いと別れ、禿木、孤蝶、眉山、緑雨と次々登場する男たちの魅力が、少しも書き漏らすまいとするかのような筆致で記録されている。『大つごもり』からと言われる「奇跡の十四ヵ月」の開花には、さまざまな要因があっただろうが、日記における描写への熱意と修練は大きく関係しただろう。そして一葉は、「熱い涙を流す人」から「冷ややかに笑う作家」へと変貌を遂げてゆく。その過程を追うのも実にスリリングな体験だった。

と、私自身は書きづまりつつも、めくるめく思いをしたのだが、台本は遅れに遅れ、初演のキャスト、スタッフにはただならぬ迷惑をおかけした。にもかかわらず、この舞台が多くの観客に愛されたのは、渾身の力で立ち向かってくださった初演メンバーのおかげである。ここに改めて、感謝の意を表したい。

二〇一六年の再演に際しては、初演時の上演台本を若干カットし、手直しを加えた。

食事もろくにとれないような貧しさの中で、「人のいのち」となるべき小説を書こうと一葉は自身に誓った。及ばずながら書く女の一人として、今、思いを新たにしている。

二〇一六年一月

永井　愛

[著者略歴]

永井 愛（ながい・あい）

1951年 東京生まれ。桐朋学園大学短期大学部演劇専攻科卒。

1981年 大石静と劇団二兎社を旗揚げ。1991年より二兎社主宰。

第31回紀伊國屋演劇賞個人賞、第1回鶴屋南北戯曲賞、第44回岸田國士戯曲賞、第52回読売文学賞、第1回朝日舞台芸術賞「秋元松代賞」、第65回芸術選奨文部科学大臣賞などを受賞。

主な作品

「時の置物」「パパのデモクラシー」「僕の東京日記」「見よ、飛行機の高く飛べるを」「ら抜きの殺意」「兄帰る」「萩家の三姉妹」「こんにちは、母さん」「日暮町風土記」「新・明暗」「歌わせたい男たち」「片づけたい女たち」「鷗外の怪談」

書く女

2016年1月25日 第1刷発行

定 価 本体1500円＋税

著 者 永井 愛

発行者 宮永 捷

発行所 有限会社 而立書房

東京都千代田区猿楽町2丁目4番2号

電話 03(3291)5589／FAX 03(3292)8782

振替 00190-7-174567

印 刷 株式会社 スキルプリネット

製 本 有限会社 岩佐

落丁・乱丁本はおとりかえいたします。

Printed in Tokyo

ISBN 978-4-88059-391-3 C0074

装幀・大久保篤

永井　愛

2013.1.25 刊
四六判上製
214 頁
定価 1500 円

片づけたい女たち

ISBN978-4-88059-343-2 C0074

高校の時から仲の良かった中年女性三人。そのひとり、独身の彼女との連絡が突然とれなくなった。ふたりでマンションを訪れ、ゴミで埋まっている部屋を見て呆然。三人で片づけを始めるうちに、片づけない人生のゴミを知る。

永井　愛

2008.3.25 刊
四六判上製
128 頁
定価 1500 円

歌わせたい男たち

ISBN978-4-88059-347-0 C0074

東京都は卒業式での「日の丸」「君が代」を決めた。これに従わない先生たちはすべて処罰された。その結果、学校内では多くの悲喜劇が起きた。「朝日舞台芸術賞グランプリ」「読売演劇大賞最優秀作品賞」受賞作品。

永井　愛

2002.12.25 刊
四六判上製
224 頁
定価 1500 円

新・明暗

ISBN978-4-88059-300-5 C0074

夏目漱石の未刊の名作『明暗』を、現代化した心理ミステリー劇にしたてあげた永井の豪腕は、最後まで息を継がせない。

永井　愛

2002.1.25 刊
四六判上製
152 頁
定価 1500 円

日暮町風土記

ISBN978-4-88059-285-5 C0074

和菓子屋の移転にともない、古い民家が壊されることになった。自分の住む町を愛し、その保存を熱望する市民グループと、壊さざるを得ない持ち主との攻防……事態は二転三転する。永井愛の劇的空間は相変わらず見事である。

永井　愛

2000.4.25 刊
四六判上製
176 頁
定価 1500 円

兄帰る

ISBN978-4-88059-267-1 C0074

「世間体」「面子」「義理」「人情」「正論」「本音」……日本社会に広く深く内在する〈本質〉をさらりと炙り出す。永井ホームドラマの傑作！　第 44 回岸田戯曲賞受賞。

永井　愛

1998.2.25 刊
四六判上製
152 頁
定価 1500 円

ら抜きの殺意

ISBN978-4-88059-249-7 C0074

「ら抜き」ことばにコギャルことば、敬語過剰に逆敬語、男ことばと女ことばの逆転と、これでは日本語がなくなってしまうのでは……。抱腹絶倒の後にくる作者のたくらみ。第 1 回鶴屋南北戯曲賞受賞。

永井 愛

見よ、飛行機の高く飛べるを

1998.10.25 刊
四六判上製
184 頁
定価 1500 円
ISBN978-4-88059-257-2 C0074

「飛ぶなんて、飛ぶなんてことが実現するんですもん。女子もまた飛ばなくっちゃならんのです」——明治末期の時代閉塞を駆けぬけた女子師範学校生たちの青春グラフィティー。

永井 愛

僕の東京日記 戦後生活史劇３部作

1997.3.25 刊
四六判上製
160 頁
定価 1500 円
ISBN978-4-88059-227-5 C0074

「パパのデモクラシー」では敗戦直後、「時の物置」では 1961 年を舞台にしたが、この作では 1971 年、70 年安保の挫折から個に分裂していく人たちの生活が描かれている。第 31 回紀伊国屋演劇賞受賞作。

永井 愛

パパのデモクラシー 戦後生活史劇３部作

1997.2.25 刊
四六判上製
160 頁
定価 1500 円
ISBN978-4-88059-226-8 C0074

前作「時の物置」は昭和 30 年代、日本に物質文明が洪水のように流れ込もうとした時代を切り取ってみせたが、この作では、敗戦直後の都市生活者の生態をとりあげる。文化庁芸術祭大賞受賞。

永井 愛

時の物置 戦後生活史劇３部作

1996.12.25 刊
四六判上製
176 頁
定価 1500 円
ISBN978-4-88059-219-0 C0074

二兎社を主宰しながら、地道に演劇活動を続けている永井愛は、自己のアイデンティティを求めて、戦後史に意欲的に取り組むことにした。これはその第１作。

柳 美里

向日葵の柩

1993.1.25 刊
四六判上製
128 頁
定価 1000 円
ISBN978-4-88059-173-5 C0074

「オイディプス王」を思わせる古典悲劇の構造を用いて、在日韓国人２世の鬱屈した心情を「詩的」に昇華した新鋭女流作家・柳美里の代表作。第 37 回岸田国士戯曲賞を受賞する。97 年芥川賞受賞。

柳 美里

静物画

1991.11.25 刊
四六判上製
112 頁
定価 1000 円
ISBN978-4-88059-160-5 C0074

在日韓国人である若き俊英の処女戯曲集。リリシズム溢れる「私戯曲」的世界がミッションスクールを舞台に展開される。これは、著者自身の青春と「死」の意識を封じ込めた生のモニュメントでもある。

岩松　了

赤い階段の家

1999.7.25 刊
四六判上製
160 頁
定価 1500 円
ISBN978-4-88059-253-4 C0074

『鳩を飼う姉妹』より数年前の話。高校野球のエースであった隣の主人にともに恋心を抱いたまま年老いた姉妹の住居が舞台。隣の一人息子と彼に恋慕する娘と許婚とが劇的世界に絡む。

岩松　了

鳩を飼う姉妹

1999.6.25 刊
四六判上製
176 頁
定価 1500 円
ISBN978-4-88059-252-7 C0074

大都市近郊の谷あいの街。中年の夫婦と離婚した一人息子、離れにタウン新聞を発行する兄。その近くに鳩を飼う未婚の双子の姉妹が下宿屋を営んでいる。その双子はともに中年の主人に恋心を抱いていた。

岩松　了

恋する妊婦

1996.7.25 刊
四六判上製
192 頁
定価 1500 円
ISBN978-4-88059-215-2 C0074

海辺に打ち上げられたクラゲを踏んだ「妊婦」は、はたして何に恋をしたのか——いっしょに歩いていた若い恋人だったのか。大衆演劇の一座を舞台に、鬼才・若松了が描く「反」劇的迷宮世界！

岩松　了

月光のつゝしみ

1996.5.25 刊
四六判上製
160 頁
定価 1500 円
ISBN978-4-88059-216-9 C0074

雪降る都・金沢に生まれ育った姉弟。首都圏の市役所に職を持った弟は、若い娘と結婚する。突然そこへ、教員生活をしていた姉が職を捨てて寄寓する。共通の幼染みが婚約者を伴って訪問する。その日、事件が起こる。

岩松　了

市ヶ尾の坂

1994.7.25 刊
四六判上製
176 頁
定価 1500 円
ISBN978-4-88059-188-9 C0074

伝説の虹の三兄弟、それに絡む美貌の若妻……材料がそろったが、岩松了はこれをどう料理したと思います？

岩松　了

お茶と説教——無関心の道徳的価値をめぐって

1989.7.25 刊
四六判上製
160 頁
定価 1500 円
ISBN978-4-88059-126-1 C0074

89 年度岸田戯曲賞受賞作家、岩松了の処女作。笑わせる演劇から遠く離れて、分かる人だけが笑い、楽しめる、大人の芝居がここにある。子供芝居に飽きた方におすすめのペーパーシアター！